이노의 노래

이 노 의 노 래

김인호

꿈과 의지

이노의 노래

초판 1쇄 발행 2016년 12월 17일 토요일

지은이 **김인호**
꾸민이 **류인수**

펴낸이 **서웅찬**
펴낸곳 도서출판 꿈과의지
출판등록 제21-117(1989년 10월 13일)
주소 서울특별시 서초구 사임당로 16길 22, 102호
전화 02-588-6441
이메일 swc007@naver.com (이 책에 대한 의견을 보내주세요)

ISBN 978-89-8301-081-0 03810

차례 〉

〉〉〉 시작 하는 글 〈〈〈

불량 삼춘

오늘 눈부시게 아름다운 5월의 신부는 제 딸입니다.

2.8kg으로 세상에 나온 작은 아기가 이렇게 자라 멋진 장군감(27살. 육군사관학교 출신. 현역 대위)을 신랑으로 맞이합니다.

아이들이 주례자 없는 결혼식을 한다며 부모님들이 한마디씩 하라고 발언의 기회를 주어 하느님께서 선물로 주신 작은 생명이 자란 이야기를 해볼까 합니다.

아가야~ 너는 작아서 진동시간도 길지 않아 엄마를 하나도 힘들지 않게 하면서 세상에 나왔다. 딸을 원했던 엄마의 소망대로 너의 탄생은 딸이 귀했던 박 씨 집안에 큰 기쁨을 주었지. 똘똘하고 야물딱졌던 너는 스스로 인생을 개척하고 만들어가는 강인한 현대여성이면서도 애교 있는 고명딸로서 키우는 내내 엄마에게 딸은 동지이자 벗이었다.

세상이 급변하여 부모세대가 추구하던 가치와 젊은이들의 가치가 상충되는 시점에서도 자식들로 인해 힘들었던 시절보다는 위로받고 힘을 보태는 너를 자녀로 둔 행운으로 말미암아 엄마의 인생은 살만했었다.

오늘 너를 보내며 이제야 고맙단 소리를 하는구나.

내 예쁜 작은 아기가 어느새 성인이 되어 인생 2막을 시작한다 하니 기쁘고, 서운하고 만감이 교차한다.

열렬히 사랑해서 결혼에 이른 너희들에게 결혼은 하느님의 축복이다.

이렇게 행복한 순간순간들이 인생에는 도처에 숨어 있단다.

보물을 찾아내듯이 인생을 즐기며 살아보렴.

행복한 순간도, 역경도, 죽을 것 같은 절망적인 순간도 과정일 뿐이다. 다 지나간단다. 인생도 소설 구성과 마찬가지더라~

재미있는 소설처럼 인생도 굽이굽이가 있어야 맛난 인생이지.

그리고 친정 엄마로서 내 딸이 결혼에 안주하지 않길 바란다. 글솜씨 있고, 말솜씨 있는 너의 재능을 살려 사회에 기여하는 것도 신께서 주신 네 몫의 달란트를 잘 사용하는 것이니까, 성장을 멈추지 말기를 바란다.

인생의 3막과 4막이 계속되기 위해서는 우선 시나리오가 탄탄해야 하고 그러기 위해서는 우리 공주는 부지런히 지루하지 않은 이야기를 만들어내야겠지. 현대의 동화에서는 공주도 투사더라.

그리고 내 딸은 남편을 과실이 무수히 달린 다 자란 과일나무처럼 여기지 않으리라 믿는다. 열매만 따먹고 남편을 소진시켜버리는 무능한 악처가 되지 말고, 중간관리자인 하 명군을 작은 묘목처럼 귀하게 여겨 물주고 잘 가꾸어 사철 푸르른 나무로 성장시키는 농사꾼의 마음으로 내조해서 내조의 여왕이 되길 바란다.

공주가 가는 길은 여왕이 되는 게 맞겠지?

주부로서 아내로서 며느리로서 규범과 도리 법도를 준수하고 실천하고 행동하므로 너의 가치를 높여서 네가 내게 큰 선물이었듯이 하씨 문중에도 귀한 선물이 되는 존재이길 바란다.

사랑하는 남편의 조부모님 시부모님 시댁 어르신 섬기는 것을 잘 해야 하는 건 당연한 거니깐 잔소리처럼 이르진 않겠다. 종갓집에서 보고 자라서 사람의 도리를 아는 내 딸은 잘 사는 법에 대한 방법론은 숙지하고 있을 테니까 말이지.

좋은 집안에서 훌륭하게 잘 자란 하 명군이 우리 가족의 일원이 되니 경사입니다.

잘 키워 주신 사돈 어르신들께 감사 인사 올립니다.

부족한 제 여식을 어여삐 여겨주시길 부탁드립니다.

오늘 결혼을 축하해 주시려 먼 길을 마다않고 참석해 주신 모든 분들께 감사드립니다.

또 이 두 사람을 부부로 맺어주신 하느님께 영광을 돌립니다.

감사합니다.

신부 엄마의 축사가 끝나자 숙연했던 식장에 우레와 같은 박수가 터졌다.

눈가를 손수건으로 훔치는 하객들도 눈에 띄었다.

나는 으쓱했다. 그럴 밖에!

감동적인 축사를 한 여인이 누나였던 거다.

오늘의 신부는 예뻤고 신부 엄마의 축사는 감동적이었다.

신랑 측 어르신과 시집 하객들이 안도를 넘어 뿌듯했을 법 했다.

누나의 성격은 무던했다.

너그러운 그 성격처럼 누나의 인생은 무덤덤했던 듯싶었다.

시집가기 전까지는 분명 그 무던한 성격을 닮은 인생 행로였다.

오늘의 신부가 유년 시절에 아버지를 교통사고로 잃기전 까지는 말이다.

청상과부.

사전적 풀이를 인용하자면, 젊은 나이에 남편이 먼저 죽어서 혼자가 된 여자.

누나가 몹쓸 단어의 당사자가 될 줄은… 그것도 무난한 인생을 살아온 작은 누나가 과녁이 되어 그 화살에 적중될 줄은 꿈엔들 생각 밖의 일이었다.

지금도 그때의 내 심정의 일단을 기억하고 있다.

그것은 몹쓸 단어의 당사자가 된 누나에 대한 연민이 절대 아니었다. 한창 일 할 나이에 레드카드를 받고 인생이라는 그라운드에서 중도에 퇴장 당한 매형에 대한 안타까움은 더더욱 아니었다.

놀랍게도 미움이었다.

매형은 자주 아팠고 일을 못하므로 가난해지는 악순환을 쳇바퀴처럼 돌던 고단한 인생이었다.

결국 우리 아버지 집으로 들어온 매형은 몇 년 간에 걸친 작은 누나의 극진한 병 수발에 힘입어 완쾌되었는데… 그래서 다시 시작하겠다고 자그마한 사업장을 개설한 매형이었는데….

교통사고의 현장에는 매형 곁에 다른 여자가 동승해 있었다.

배신에 대한 감정이 증오 말고 달리 있을 턱이 없는 나였고, 미망인은 다름 아닌 누나였다.

당시에 채용한 장비 기사의 추락 사망 사고가 직접적인 원인이 되어 파산한 나 역시 그 집에 살고 있었다.

고백하노니, 누나에게 힘은커녕 유감스럽게도 파산으로 심신이 피폐해진 나는 어린 두 조카들에게 정서적으로나 물질적으로 기여한 바가 없는 무능한 삼춘이었다.

그뿐이 아니라 늘 알코올에 젖어 살며 망가진 꼬락서니를 하고 있었으니, 그 아이들의 뇌리에 나라는 인간은 고단하고 남루하고 헐벗고 퇴색한 그늘로 각인되었을 게 분명하다.

그리고 이 불가피한 동거가 일이 년으로 종료된 것이 아니고 지금껏 유지되는 터라 나는 그 아이들 앞에서 삼촌의 권위로서가 아니라 절대 본받지 말아야 할 망가진 인간의 표본(전형)으로 완벽하게 발가벗겨진 상태였다.

더욱 두려웠던 건 매형의 원죄를 뒤집어 쓴 그 아이들이었다.

난 비정하게도 아빠를 잃은 그 어린 조카들에게 측은지심 대신 불길한 징조를 감 잡고 마음속으로는 외면했었다.

마음이 이렇다보니 그 어린 조카들을 데면데면 대할 수밖에 없었다.

천만다행스럽게도 성정이 누나를 닮아 잘 성장해 준 그 아이들에게 나는 무릎 꿇고 사죄하고 싶은 심정이다.

사촌도 아닌 삼촌이 되어 설라니 생활 전반에 걸쳐 본 될 게 없었던 불량 삼춘도 모자라 마음속으로 너희들을 배척했던 소갈머리 고약했던 등신이었다고.

오늘 신부의 결혼을 앞두고 누나가 뜬금없이 이런 말을 했었다.

"수연이가 그 당시 네가 술에 취해 보여준 추태 때문에
중년 남성에 대한 트라우마가 있다"고.
"!?!?!? "

불량 삼촌!!!

더욱 안타까운 건 이런 얼룩진 자화상은 반전의 기미 없이 고착화되고 말았다는 것이다.

낯 뜨거운 명패를 하루속히 갈아달고 싶은 열망만큼은 손이 델 정도로 뜨거웠건만 삶을 대하는 나의 자세는 별반 달라진 게 없었다.

쏜살같은 세월이라!

사라진 그 아이가 어느새 장성해서 오늘 결혼식의 주인공인 신부가 되어 나타난 것이다.

'부모는 기다려 주지 않는다.'는 말이 있다면 '아이는 쏜살처럼 사라진다.'

부모님은 망한 아들이 재기해서 호강시켜 드릴 때를 못 참고(입은 삐뚤어져도 말은 바로 하랬다고… 어머니 89세, 아버지 93세에 소천 하셨으니 기다릴 만큼 기다려 주신 거다) 돌아가시고, 사라진 아이는 이렇듯 성인이 되어 오늘 시집을 간다.

삼촌 된 자로서 이 아이에게 해준 게 암껏도 없다는 자괴감에 가슴 한 편이 휑하니 뚫린 기분이었다.

그러나 어쩔 건가?

이 감개무량한 자리에 떳떳하게 설만큼 못 살았다 한들 정녕 삼촌된 자로서 피할 수도 없는 노릇이 아니던가 말이다.

돌이켜보면 참말로 신기했다.

당시에 초등학교 3학년이었던 신부 오빠는 아버지의 부재 탓이었을까? 나이답잖게 어른스럽게 행동했다는 점이고, 오늘의 신부는 누나의 축사에서 언급된 것처럼 똘똘하고 야물딱졌다.

반면 그들의 삼촌이었던 나는 우리 부모님의 늦둥이 막내답게 중년의 나이에도 어린애 모양을 하고 있었고….

오늘 신부의 특기 사항이라면 글을 잘 써서 고등학교 때 전국 규모의 소설 공모에 장원을 해서 십대 때 문단 등단을 했다는 사실일 테고, 그 프리미엄 덕으로 대학교도 수능 수시전형으로 순조롭게 진학했다.

인생은 새옹지마라고 했던가?

고등학교에 진학할 때는 불운했다.

오늘의 신부가 다니던 중학교의 과반수가 그 동네에 신설된 고등학교로 진학이 결정되었는데 유독 오늘의 신부만 달랑 거리도 멀고 대학입시에 상대적으로 열의가 적은 걸로 소문난 미션스쿨로 진학이 결정되어 눈물지었던 거다.

결과적으로 이것이 복이 되는 행운인 것을 당연히 그 당시에는 아무도 몰랐었고….

오늘의 신부가 가고 싶어 했던 신설 고등학교는 인지도가 약한 약점을 만회하고자 스파르타식의 대입 준비에 혈안이 되어서 학생들의 과외 활동에는 상대적으로 관심이 부족했다.

반면 오늘의 신부가 진학한 미션 스쿨은 한국 고등학교의 고질적인 병폐인 대학입시 지향에서 상대적으로 자유로워서 과외 활동이 활성화 되었던 바.

방과활동을 하면서 자신의 소질을 발견하고 개발했던 거다.

또 대학 졸업 후에는 열심히 벌고 모아서 학자금 대출금 수천만원을 단기간에 다 갚아버리는 또순이 근성을 유감없이 발휘했고, 그 연장선상에서 오늘 결혼식도 그야말로 홑 가장 주부인 엄마에게 돈 한 푼 안 받고 치루는 대견하고 기특한 연출을 한 것이다.

쓰고 보자 정신에 입각해 기마이 인생을 살아온 방탕한 삼춘 눈으로 보자면 그저 신기할 따름인 외계인이자 순조롭게 삶을 항해하는 이방인이었다.

조카사위가 될 청년을 처음 보는 순간 등골이 서늘했다.

분명 처음 보는 사이인데 낯이 익었다. 그것도 친밀감이 샘솟는….

오호라! 바로 신. 일. 룡.

소싯적 이 삼춘이 으뜸 남성상으로 우러러 보았던 그 우상의 포스에 그만 압도된 거였다.

일 미터 팔십삼 센티로 훌쩍 큰 키에다 건장한 몸매, 잘 생긴 얼굴.

또 육군사관학교 출신의 현역 대위.

더 이상 보고잡 할 게 없는 매력 덩어리였다.

도리어 당황해서 나는 그와 잠시 마주 앉아 있다가 약속이 있다며 집을 나섰다.

불편한 자리를 피하고 보는 건 나의 오랜 버릇으로 자격지심의 발로가 아니었던가 싶다.

밖으로 나온 나는 뭉클해져서 눈시울을 붉혔던 거 같다.
홀어머니 슬하에서 착하게 잘 자라준 딸에게 주시는 하나님의 보상이라는 생각에 가슴이 미어졌던 것이다.
순항하는 그 아이의 축복 받은 인생에 대해 안도하며 감사가 절로 터져 나왔다.

"하나님~ 무진장 감사하옵니다!!!"

결코 도움 된 적 없는 무능한 술주정뱅이 삼춘하고는 무관하게 술술 풀리는 그 아이의 인생이 고마웠고 대견했다.

오늘 결혼식 참석처럼 삼촌이기에 피할 수 없는 자리에 있었던 적이 예전에도 한 번 있었다.
그 아이가 일생일대의 위기에 처해 있을 때에 불량 삼촌이 흑기사로 출현하여 결정적인 공헌을 했던 나에게 있어서는 딱 한 번의 소중한 추억!
그런데 그 에피소드를 발설하면 오늘의 예쁜 신부의 이미지에 구김살이 질 텐데….
그래도 불량삼춘이란 자조에 대한 반전의 묘미를 구현하기 위해 반드시 써야겠다.

때는 이십 년 전. 우리 집 거실.

"책 서리는 묵인해주는 게 우리네 정서 아닙니까?"

"이것 보세요. 한두 권이 아니잖아요? 이 학생은 상습범이라고요!"

신부의 방에서 이십여 권의 책을 수거해 내온 그 사내는 퉁명스럽게 일갈했다. 그렇다고 같이 언성을 높일 대목은 절대 못 되고 읍소할 처지에다 돈 말고는 협상의 여지가 없는 명백한 상황이라서 넌지시 의향을 타진했다.

"보상은 얼마나 해야 합니까?"
"훔친 것은 20배로 보상하는 게 현행법이에요."
'현행법씩이나?!'
"잠시만요. 은행에 다녀오겠습니다."

털어야 먼지만 날 뿐인 무일푼 백수 주제에 다급한 나머지 보상액수를 절충하는 절차도 생략한 채 집밖으로 나왔다.

불편한 자리야 그렇게 모면했지만, 위급한 지경에 처한 조카를 덩그러니 놔두고 도망가는 건 삼촌이기를 포기하는 자충수였다.

한편 책을 좋아하는 조카에게 단 한 권의 책을 선물한 적이 없는 무심한 삼촌이었다는 자각이 문득 들었다.

가난은 죄가 아니라고 누가 말했던가?

명백한 죄였다.

돈이 없어서 조카가 책 서리를 했잖은가 말이다!!!

그 찰나에 이러쿵저러쿵 갈등이 많아서 정신이 사나웠다.

좌우지간 난처한 자리지만, 피할 수도 없고 결코 피해서는 안되는 자리였다.

또 발등에 떨어진 불은 물이 아니고 돈만이 끌 수가 있었다.

불을 끌 돈을 당장 구해야만했다.

"어디 가?"

세상에나! 내가 현관문을 열고 나오자마자 승용차 문을 열고 나오는 그미가 나를 보며 묻는 거였다.

회고하다 보니 그미의 근황이 불현듯 궁금하다.

"선생님 요걸로 해결해 주세요."

20배 보상에는 턱도 없는 액수였지만, 서리 당한 책이 전부 회수완료된 시점에서 보자면 공돈이나 다름없는 터에 수십만 원의 현찰은 구미 당기는 제안일 터.

아닌 말로 전국구 책방 명성에 흠집 가는 야박을 떨어서도 좋을 게 하등 없었다.

거기다가 나는 한술 더 떠서 될 성싶은 떡잎에게 시혜를 베푸시는 관용의 미덕을 운운 했다.

"벌써 등단 작가가 된 이 학생이 나중에 큰 작가가 되면 선생님의 선처도 길이길이 기념될 겁니다."

쪽을 팔린 조카는 여전히 흐느끼고 있었고 불량삼촌은 그미에게 전

달받은 돈으로 홍정에 나섰으며 무소불위한 현찰의 유용함으로 대단히 난처하고 까칠했던 상황은 순식간에 종료되었다.

도움 못 되는 삼춘이란 자격지심에 주눅들어 사는 못난 자신을 이렇게 세워주시는 하나님의 역사에 감격했던 기억이 오늘에 새롭다.

그때에 비로소 불량삼춘은 작고 여린 외모와는 사뭇 다른 조카의 대담성에 주목하게 되었다.

'이 아이가 나중에 큰일을 하겠구나!'

불량삼춘이 그날 이후로 그 여리고 자그마한 오늘의 신부를 다른 관점에서 주시하게 된 건 불문가지.

바로 그때의 예감이 오늘 이 결혼식의 예표였다고나 할까?

오늘의 신부에게는 남자들이 많이 좇아다녔다.

같은 집에 사니깐 그 사실을 알 수밖에 없었다.

객관적으로 봐서도 오늘의 신부는 뛰어난 미모의 소유자가 아닌데 그랬다.

또 오늘의 신부는 그 남자들에게 초연했던 걸로 기억한다.

하지만 인연을 만나고는 시집가는 일에 하등 관심을 안 두었던 오늘의 신부는 그 대담한 성격처럼 단호했다.

"엄마, 이 사람을 놓치면 후회할 거 같아."

만나지 3개월 만에 전격적인 단행을 했다.

여자 팔자 뒤웅박 팔자라 했는데 삼춘 보기에 일등 신랑감을 잡은 걸 보면 예언 성취의 징표로써 손색이 없잖은가 말이다.

피로연이 시작되고 사촌 형수님이 내가 있는 자리에 와서 큰아들이 쓴 책이라며 두툼한 분량의 신간 서적 한 권을 건네주었다.

분칠을 한 듯 희고 윤기 나는 고운 피부가 돋보이는 그 형수님이 어릴 적 나를 꽤나 예뻐해 준 걸로 기억한다. 나뿐이 아니었다. 사촌 동생 창문이도 매우 귀여워해 주셨다.

그러고 보니 창문이! 네 살 터울인 그도 역시 일 미터 팔십삼 센티의 훤칠한 키에 능력 있는 장부였다. 하지만 나의 탈영으로 인해 놀란 고모님이 힘을 써서 현역병으로 보내지 않고 방위병으로 병역의무를 대신하게 하였다.

지금은 이 나라에서 첫손가락에 뽑히는 대기업 상무로 발령이 난 걸 신문에서 보면서 기쁨도 자괴감도 동시에 맛보았는데….

'좌우간 유수와도 같은 세월이요, 쏜살같이 빠른 세월이었구나!'

내가 신성일 형님이라고 별칭 했던 사촌 형님의 장교복 입은 모습에 반해 결혼하셨다는 그 형수님은 기쁨도 잠시, 병명도 모르는 괴질에 걸려 병객이 되어버린 형님의 수발에 그 사랑을 바쳤다. 지금에 확인된 병명은 파킨슨병.

그런데다 엎친 데 덮친 격으로 큰아들이 폐병으로 사지를 헤매는 아픔도 겪어야 했던 것이다.

바로 그 큰아들 아무개가 폐를 반 이상이나 드러내고도 히말라야를 등정하며 가이드북 전문 서적을 출간한 것이다.

"리릭은 불문과 나왔잖아요?"
"그러게. 산을 엄청 좋아했었나봐?"

나의 물음에 남의 얘기하듯 반응하는 형수님이었다.
세월을 비껴갈 수 없는 미모였지만, 여전히 고운 자태에 드리운 그늘이 이 책을 선물하면서 걷히는 듯 보였다.
여성의 진가는 외유내강인가 보다.
격려금을 주려고 주머니를 뒤지는데 지갑이 없다.

'아! 차에 두고 온 모양이다.'

"도련님~ 왜?"

당황하는 내 모습에 형수님이 반문하신다.

"금일봉 드리려고 했는데 지갑을 차에 두고 왔네요."
"됐어요."
"아녀요. 이런 거는 절대로 그냥 받으면 안되어요."
"괜찮대도~"
"좌우간 오늘은 그냥 받습니다.
리릭하고 연락하게 번호나 일러 주세요."

형수님이 지나가시고 저쪽에 앉은 규민이 일행이 보였다.
함께 있던 친구들에게 양해를 구하고 그 쪽을 향해 일어섰다.

“아저씨 안녕하세요.”

“반갑다.”

그 자리에 있던 그 형제 중 둘째인 듬직한 규철이의 손을 맞잡았다. 그리고 순번대로 악수를 나누었다.

규철이는 한창 나이에 세상을 뜬 사촌 형님의 부재로 일찌감치 철이 들었다.

홀몸이 된 모친과 부동산을 하며 공부벌레 한 살 터울 자기 형을 대신해서 실질적인 가장 역할을 수행했다. 오늘과 같은 친척들의 경조사도 그가 꼬박꼬박 챙겼다.

유순하고 듬직하고 생활력 있는 그의 존재가 남편을 잃은 사촌 형수님께 큰 힘이 되었을 것이다.

그 조카만 보면 여직 혼자 살며 사람 노릇을 못하는 내 처지가 부끄럽고 옹색할 따름이었다.

“규민아. 내가 너에게 사과할 게 있다더라?”

나의 뜬금없는 말에 그가 의아해했다.

“너 나 때문에 공군사관학교 면접에 낙방했다며?”

“아녀요~”

단칼에 부정하는 규민이었다.

"그치?"

"네~"

"근데 우리 누님이 너희 모친이랑 대화하는데 그 말씀을 하시더란다. 그래서 내가 펄쩍 뛰었지. 내가 제대 후에 허리 디스크로 거동이 불편해서 임시방편으로 일용 공무원도 해봤거든. 뭔 말이냐면? 일용 공무원도 형사가 나와서 신원조회 면담을 하거든. 또 연좌제가 없어진 지가 언젠데 그런 구시대적 발상을 하시냐고!"

"믿었던 아들의 낙방에 충격을 받으셔서 지레짐작 하시고 스스로가 그렇게 위안 받고 싶으셨던 모양이에요. 제가 아니라 해도 요즘도 가끔 그런 소릴 하셔요."

"내가 요번에 기회가 생겨서 시나리오를 쓰다 보니 그 부분이 많이 포함되었어. 좌우간 나로 인해 불편 당한 너희들에게 이 자리를 빌려 사과한다."

"아니어요."

규민이는 손사래를 치며 당황해 했다.

살아생전에 아버지께서는 자식을 반역죄인이라고 규정하시고 남은 인생을 속죄의 삶을 살 것을 주문하셨다.

탈영범 보다야 어감도 좋고 난세에 스러져간 비운의 운명 같은 운치도 있고….

차마 자식을 탈영범이라 부를 수 없는 선친의 진심을 모르는 바 아니었으나 난 종종 아버지께 이런 유의 우스개를 했다.

"조간신문에 김두환 일대기를 다룬 '인생극장'을 연재하신 김유동인지 김유정인지 하는 작가 분이 계셨습니다."

"그래 당시에 공전의 히트를 쳤지. 그런데…?"

"김두환이 누구입니까? 조선 최고의 깡패 아닙니까?"

"일제 치하였으니 협객이라고 호칭할 법도 한데?"

"협객!? 좋네요. 종로 꼬마가 무용담으로 늘어놓은 부평 조병창 폭발 사건이 그들의 쾌거로 고증만 된다면 김좌진 장군의 청산리 대첩을 능가하는 애국적 거사이고, 그들은 당연히 독립투사 반열에 등극 시켜야 한다고요."

"그런데…?

이쯤에서 아버지께서도 영악한 아들의 저의가 의심스럽고 궁금하셨던 모양으로 말끝은 흘리셨다.

"십이십이(12월12일) 사태가 전두환 일당의 불법적인 정권 찬탈로 역사적인 판결이 나지 않았습니까?"

"고로 그 시대에 사고를 친 너도 애국열사 반열에 올려야 한다는 게냐?"

"적의 적은 아군이라고. 불법 쿠데타 정권 하에서 병영을 탈출한 걸 두고 탈영범이라고 폄하할 게 아니라 영광의 탈출을 단행한 애국적인 거사로 평가하는 것이 논리적으로 맞는 게 아니겠습니까?"

이 대목에서 부친께서는 앞에 앉은 아들을 물끄러미 바라보시며 잠시 후 이렇게 운을 떼시었다.

"그래서 민주화 열사로 복원도 되고
연금도 수령하시려고?"

반란이었던 광주 폭동이 바뀐 민주화정권 하에서 민주화투쟁으로 격상되면서 폭도에서 민주화 열사로 복원된 이들 중에 지나던 개나 소나 그야말로 어중이떠중이가 포함된 걸 빗대신 응대인 걸 모를 리 없는 아들이었다.

"그 당시 사회에서 독립 운동가 빰치는 비장한 열정으로
학생운동하다가 군대 끌려온 대학생 아해들이 죄다
쥐 죽은 듯 납작 숨죽여 엎드렸다가 제대하고 나갔거든요."
"그래서?"
"학생운동 조직의 일원도 아니고 민주화 정치세력의
일원도 아닌 제가 말 그대로 깡다구 하나 가지고
단기필마로 나선 거 아닙니까?"
"내 아드님이 소피스트이신 줄 지금에 아네요."

아버지의 비아냥거림에 분이 난 아들은 더 세차게 논리의 비약에 거품을 물었다.

"어찌됐든 폭력과 압제에 눌려 사는 피지배 계층인

사병들의 권익과 복지후생에 현저한 기여를 한 저의 봉기야말로 불법적인 정권 치하의 시대적 상황과 맞물려서 김두환 일당의 깡패 짓이 협객의 애국적인 행위로 승화되었듯이… 영웅적인 거사로 명예 회복 되어야 하는 게 아닌지요?"

"!?!?! "

나의 일탈이 피지배 계층인 사병들의 권익과 복지후생에 현저한 기여를 했다는 걸 억지 주장으로 일축할 건 아니었다.

소 잃고 외양간을 고치는 건 복지부동이 일상화된 조직의 생리적 특성이었다.

상명하복의 집단에서는 중간만 하자는 적당주의가 팽배할 수밖에 없는 결함은 숙명적인 거였다.

또 상명하복의 압제적인 조직에서의 혁신은 위로부터의 지침을 필요로 하는데 그런 지침을 유발하는 사고가 생겨야 비로소 가동이 되는 거였다.

왜냐면? 어느 조직이고 사회이던 간에 기득권층은 변화를 몹시 싫어하기 때문이다.

기득권자인 장교들이야 지휘의 편의를 위해서 사병들의 권익이 도리어 침해되기를 바라는 게 공개적으로 토로할 수 없는 솔직한 심정일 법 했다.

또 사병들의 복지후생비는 지휘관의 승진과 보신을 위해 챙겨야 할 비자금이었다.

이러매 언로가 막히고 수직적인 명령 체계만이 작동되는 특수 조직사회인 우리의 군영에서는 범 잡는 담비의 역할을 담당할 존재가 필요했다.

바로 그 필요악적인 말썽꾸러기의 출현이야말로 혁신의 동기가 되는 순작용도 없지 않았다는 점이다.

그 필요악적인 말썽꾸러기들에 의해 창출되는 창의적인(?) 사건, 사고야말로 지휘관들에게 경각심을 고취시키는 유일무이한 채찍이 될 수 있었다.

탈영 등 군 기강 사고는 곧바로 지휘관의 문책 사유가 되고 승진에 중요한 고려 사항이 되는 경력에 흠집을 낸다는 점에서 주의를 요하는 사안이었던 거다.

명령과 복종만이 능사인 수직적인 명령체계에서 혁신은 요원한 것이다.

또 계급 체제 안에서 하층 구조를 이루는 대다수 사병들의 권익과 복지후생이란 영향력을 행사할 수 있는 높은 계급의 선량하고 정의로운 소수의 시혜성 구제의 틀 안에서만 가능하다는 제한적인 한계가 엄연했다.

그에 반해 말썽꾸러기에 의해 사고가 발생하면 부대 책임자는 좌천이 되는 등 책임자로서의 경력에 생채기가 생기게 된다.

이것은 곧 지극히 개인적이고 직접적인 불이익을 의미한다. 때문에 사병의 권익과 복지후생은 발등에 떨어진 불이 되는 거다.

평소에 묵과하던 일상이 신경을 곤두세울 수밖에 없는 긴급한 사안으로 둔갑하는 거란 말씀.

한마디로 군량미가 1종이고 입고 신는 옷과 신발이 2.4종인데 사람이 10종으로 분류되는 곳이 바로 군대이다.

먹고 입는 주체가 바로 사람인데 그런 사람이 맨 꼴찌에 위치하는 주객전도가 당연시 되는 특수 조직 사회에서 사람이 개 값보다 못하다는 말은 사망 시에 달랑 15,000원(1983년 당시)이 지급되는 현실에서 전혀 과장이 아니었다.

휴전 상태로 주적과 대치하고 있는 현실을 반영하고 부유하지 못한 나라의 국방 예산을 감안한다 하더라도 1983년 당시의 대한민국 군대는 사병들에게 인권적으로나 물질적으로나 꽤나 인색했다.

"소피스트의 궤변을 계속 들어야 할 가치가 있는가?"
"궤변이 위로가 되는 험악한 세상을 살아낸 이 아들을 어여삐 여기시기를… 또 광복군에 투신한 아버지의 헌신으로 이 아들의 반역은 상계 처리된 줄 압니다."

일제 치하에서 징집된 부친은 중국의 변방에 소재한 일본군 병영에서 탈출을 해서 광복군에 가담한 애국적 거사의 주인공이셨던 거다. 각설코!

얼마 전 나와 같은 주소를 공유하는 동거인 누님이 딸의 결혼 소식을 사촌 형수에게 전하면서 내 시나리오 내용을 이야기했던 모양이고 사촌 형수로부터 막내가 공군사관학교 면접에서 나의 탈영으로 낙방했다는 이야기를 듣고 깜짝 놀랐던 거다.

충격을 받은 누나는 조심스럽게 나에게 규민이에게 평생 죄인으로 용서를 구하고 사과하는 삶을 살아야 한다는 취지로 말을 했던 것이고.

삼십여 년이 지난 나의 일탈이 가족과 친지들에게 드리웠던 그늘을 이번 시나리오를 계기로 확인하는 건 참말로 늦어도 한참 늦은 각성이었다.

그러고 보니 가족과 친지라는 공고한 혈연의 연대에 오점을 남긴 당사자로서 공개적인 사과나 진심어린 속죄를 구한 적이 없는 몰염치한 인간이 바로 나였던 거다.

군대란 곳이 폭력이 난무하는 깡패 집단이고, 썩을 대로 썩었고 죄다 억지인데 정상적인 사람으로서 어떻게 버텨낼 수 있단 말인가? 이것이 그 당시의 내 생각이었고 지금에도 그 생각에는 변함이 없다.

또 현실은 그 많고 많은 병사들 중 탈영한 사람은 나같은 극소수 부적격자였단 사실에도 변함이 없다.

세상일에는 어떠한 경우에도 양면이 존재하는 법.

나는 탈영범으로 전락해서 '직업에는 귀천이 없다'는 속담을 사실로써 몸으로 체험하는 소중한 기회와도 조우했다.

바로 나를 자수 시킨 분이 용주골에서 사창가를 하시던 포주였던 거다.

난생 처음 보는 나에게 더 이상이 없는 자비를 베풀어서 불과 탈영 나흘 만에 자수를 하게 이끄신 분.

상처 난 영혼을 보듬는 따사한 인정의 진수를 맛보게 해준 귀인.

단언컨대 그 만남이 없었으면 지금 나는 존재할 수가 없었다.

자살을 했거나 피격을 당해 죽었거나 둘 중 하나였을 테니깐.

동병상련이었을까?

그 분도 탈영 전과 3범으로 제대로 된 직장에 취직을 할 수가 없어서 그 읍에서 남들에게 천대 받는 계집장사로 연명한다고 푸념 하셨다.

밑바닥 인생이라고 자조했던 그분은 내 인생 일대의 은인이시다.

난 감사함으로 그 분을 노래하고 기념해야 했다.

그것이 내가 할 수 있는 보은이었다.

또 그런 인연을 맺어준 조물주의 섭리를 간증해야 했다.

그것이 은혜 입은 자의 마땅한 도리가 아니겠는가?

성경도 예수님 사후 삼십여 년이 지나 기록되었다.

어렴풋이 그 이유를 알 것 같다.

다름 아닌 여과의 시간이 필요했던 거다.

오늘 이 결혼식장에서 나는 두 분의 미망인과 병객 남편을 수발하며 자녀를 훌륭하게 잘 키운 가장 주부를 통해 여성의 위대함을 묵상하는 소중한 시간을 가졌다.

그분들은 홀몸으로 힘든 세상과 부대끼며 생육하고 번성했다.

'여자는 약하나 어머니는 강하다.'는 갈파를 몸소 실천한 위대한 여성들이다.

그분들에게 이 책을 바친다.

또 이 시나리오의 여자 주인공.

연두의 모티브가 되었던 초등동창 미정이의 에피소드가 사십여 년의 세월을 넘어 이렇게 결정적인 공헌을 할 줄은 꿈엔들 생각해 본 적이 없었다.

그때 그 당시 12살 소녀.
그 미정이에게 무한한 감사와 애정을 보낸다.

누나

이노 작사, 작곡

누나 사랑해
누나 행복해
누나 고마워
누나 내가 잘할게
고생 끝 행복 시작
누나는 나만 믿고 있어
형 만한 아우가 없다 하지만
나는 누나의 동생이잖아

힘들고 어렵던 시절
힘이 되어준 누나
이제 내가 도움이 될게요
그 시절 보상할게요
고진감래라 했던가요
오늘 누나의 딸이 시집을 가네요
내가 그 딸을 위해 노래 부를게요

오늘은 좋은 날
착하게 자란 은총 입은 우리 딸이 시집가는 날
대견하고 고마워라
어느 사이 장성해서 오늘 같은 날을 맞이했니
너는 나의 딸
아프지 않아 눈에 넣어도
볼수록 기쁨이야
엄마와 삼춘의 사랑이야

즐거울 수만은 없는 오늘이
너에겐 인생의 새 출발인걸
잘 가거라 나의 딸 너무도 예쁜 너
잘 살거라 나의 딸 너무도 고운 너

누나 사랑해 누나 행복해 누나 고마워 누나 내가 잘할게
엄마 사랑해 엄마 행복해 엄마 고마워 엄마 내가 잘할게

이노의 노래

김인호

환난날에 나를 부르라
내가 너를 건지리니
네가 나를 영화롭게 하리로다
시 50:15

〉〉〉 기획의도 〈〈〈

*탈영범이라는 트라우마에서 해방되고 싶었다.
*이루진 못한 사랑을 드라마로 완성시키고 싶었다.
*한반도 역사상 가장 위대한 부모님 세대를 민초(아버지)를 통해 기념하고 싶었다.

이념의 갈등과 분단의 반목으로 굴곡진 조국의 현실을 극복하고 치유하는 거대담론의 처방전으로 지고지순한 연인의 사랑에 착안했다. 과오(탈영)를 속죄하는 노래를 만들어 부르는 싱어송라이터로 성공해서 인생 역전을 이루는 반전의 드라마를 그 지고지순한 사랑에 뭉뚱그려 짜깁기하였다.

실로 삼십여 년을 품어왔던 소망이 마침내 시나리오로 집필된 것이다.

〉〉〉 장르 〈〈〈

휴먼, 뮤직, 드라마

시나리오 '이노의 노래'는 기존의 뮤지컬과는 다른 형태의 콘시컬(콘서트+시네마+뮤지컬)이라고 나름 명칭을 부여해 보았다. 시나리오에 나오는 '이노의 노래' 12곡 중 4곡(어머니, 아버지, Just Do It, 맹자 가라사대)은 이미 싱글앨범으로 만들어져 출시되었고, 저작권 등록이 되어 있는 작품들이다. 나머지 곡들도 완료되어있다.

〉〉〉 등장인물 〈〈〈

연두

중학년 때 반체제 인사 대부인 아버지를 따라 조국 대한민국을 등지고 일본을 경유해 북한으로 가게 된다.
연두는 성장해서 대남 간첩 교육생으로 차출되었다.
남파 간첩의 마지막 교육으로 중국에서 2주간의 스파이 훈련을 마치고 본국으로 귀환 중에 역사적인 중공민항기 납치 사건에 연루되어 기적적으로 한국으로 오게 되고 안기부의 요청을 받아들여 이중 스파이가 된다.
피납 중공 여객기 안에서 납치범들에게 손들고 나설 만큼 위급한 상황에서 결정적인 순간에 진가를 발휘하는 외유내강의 여성이다.
안기부에 요청해서 꿈에도 그리던 이노의 소식을 알게 되고 탈영범으로 공개재판에 회부된 이노와 감격적인 해후를 하게 된다.

이노

자대 온 지 사흘 만에 문선대 공연에 3중대 대표로 나가서 일등을 하고 대대장으로부터 포상휴가를 선물 받을 정도로 화끈하고 자유분방한 기질이다.
반항아적인 기질로 군 입대 6개월. 정확하게 자대 전입 14일 만에 보초 근무 중에 무장탈영을 한다. 집행유예를 선고 않는 게 공개재판의 관행인데 기적적인 집행유예 선고를 받고 석방된다.
꿈에도 그리던 연두와 재회하고 공개재판 최후진술에서 제안한 것처럼 북파공작원에 차출되어 간다.

선자

연두의 엄마로 옥살이를 하는 비전향장기수 정소신의 딸이다. 그 사실을 전혀 모르고 살았는데 사랑하는 연인 김기식의 부친인 김춘영 전 대법관에게 듣게 되고 헤어질 것을 요청받는다. 연인 김기식의 전도유망한 앞길에 걸림돌이 되는 자신의 처지를 비관하고 사라진다.

그녀는 연두를 임신한 채 김기식의 대학 선배인 김태준과 결혼한다. 본 적도 없는 아버지가 옥에 갇힌 비전향장기수이고 남편마저도 조국의 체제에 등을 돌린 반체제 인사의 대부인 선자의 일생은 사랑조차도 포기할 수밖에 없는 기구한 운명이었다.

기식

여섯 살 때 어머니를 여의고 홀로 키운 대법관인 아버지 김춘영의 기대 속에 입신양명하는 순탄한 길을 걸어왔지만, 연인인 선자가 떠나버린 공허함이 늘 마음속의 그늘이었다. 대통령 딸과 결혼했지만, 슬하에 자식이 없고 홀로 된다. 안기부 대공차장으로 영전되어 컴백해서 연두의 엄마가 선자이며 아직도 북한에 살아 있다는 사실을 확인하고 그녀의 탈출에 사활을 걸고 새로운 의욕으로 삶의 불꽃을 지핀다.

아버지

일제 점령기에 태어나 일본군에 징집(당시에 징집 거부는 가족 친지들에게 탄압을 초래하는 항거였다. 그래서 일단 징집에 응해 일본군이 된 다음 탈영하는 게 효와 충절을 동시에 해결하는 민초들의 마지못한 선택이었다) 되어 중국 변방에 배치된다. 어느 날 '일본제국주의의 개로 죽을 수는 없다' 며 세 명의 조선인 징집병을 규합해 의거 탈출한다. 그리고 광복군에 가담한다. 바로 온갖 고초와 역경을 헤치고 한반도 유사 이래 전례없는 번영의 초석을 다지신 위대한 부모님 세대를 상징하고 있다.

오영태

탈영 전과 3범으로 그것이 굴레가 되어 사창가 포주로 사는 변두리 인생이다.
하지만 타고난 자비스러운 성향으로 탈영을 한 이노의 처지를 동정하고 자수를 권유하지만 거절당하자 일금 백만 원(지금도 작은 돈이 아니지만 83년도에는 꽤 큰돈이었다. 더욱이 처음 보는 사람에게 대가없이 선뜻 줄 수 있는 액수가 절대 아니었다)을 도피자금으로 내놓아 감동한 이노가 마음을 돌려 자수하게 만든다.

〉〉〉 시놉시스 〈〈〈

"자네가 우발적으로 탈영을 해 수중에 돈이 한 푼도 없다고 해서 주는 거요. 돈 없이 도피 생활을 하려면 도둑질을 하는 등 또 죄를 지을 거 아니겠소? 만에 하나 헌병대에 체포되면 이 돈의 출처에 대해선 사나이답게 함구하는 거요."

생면부지의 인물 오영태가 선뜻 건넨 그 돈을 가지고 나오던 이노는 가슴이 찔려 불과 탈영 나흘 만에 마음에도 없는 자수를 하게 되었다. 그리고 10년이란 세월이 흘러 '이노의 노래'로 대박을 터트리고 스타가 되어 'TV는 사랑을 싣고'라는 프로그램에 출연한다. 거기서 오영태님을 찾고 그분에게 헌정한 '은인의 공로'를 불러서 전국적인 보은 신드롬을 낳으며 시나리오 '이노의 노래' 프롤로그는 완성된다.

공개재판이 있던 해에서 역산한 9년 전 1974년.

초등학교 6학년 7반 교실에서 한바탕의 소동이 벌어진다. 반 공휴일인 토요일. 사전 고지가 없어서 점심도 지참하지 못해 굶으면서 언제 끝날지 모르는 자율학습을 강요당하고 있던 터. 급기야 반장인 이노가 앞장서서 귀가를 선동한다. 연두는 그런 이노를 간절하게 만류하지만, "사나이 칼집에서 칼을 뺐으면 무라도 자르는 거다."라는 이노의 단행에 묵살당한다.

중학교 때 길거리에서 우연히 만나 급속하게 친하게 된 두 사람.

햇살이 좋은 어느 봄날.

연두는 이노의 방에서 이노가 만든 '소녀'를 헌정 받고는 감동한다.

그렇게 봄날같기만 했던 연두와 이노의 사이에 마른하늘에 날벼락 같은 소식이 전해진다.

느닷없이 일본으로 연두가 이민을 간다는 거였다.

연두의 말에 이노는 "난 너 없으면 못 산다"고 고백을 한다. 또 공항 대합실로 연두를 배웅 나가서는 "나 너한테 장가갈래."라며 프러포즈를 하고 연두도 그 프러포즈를 승낙한다.

고등학교 때까지 지속적으로 편지 왕래를 하던 두 사람이었다. 그런데 연두로부터 주기적으로 오던 편지가 끊기고 6개월이 지나 이노는 일본으로 건너간다.

그 곳에 사는 삼촌의 도움을 받아 수소문하지만 연두는 종적도 없이 사라졌다.

세월이 흘러서 입대를 한 이노는 구조적인 폭력에 반항해 탈영을 한다.

군단 구치소에 입소하는 그날은 공교롭게도 중공폭격기가 귀순을 해서 민방위본부 창설 이후 최초의 공습경보가 실제로 발령되는 해프닝을 겪는다.

그 삼 개월 전에 중공민항기 납치 때 이미 연두는 국내로 들어와 있었다.

희망 없는 감옥살이에서 심신이 피폐해져갈 뿐이었는데 사이코 형무반장의 무자비한 폭력에 시달리며 자수한 것을 후회한다.

하지만, 자신의 힘으로는 어찌할 수 없는 불가항력의 올가미에 갇혀서 비로소 체념 너머에 존재하는 초월적인 힘을 의지해 불가항력적인 고난에서 벗어나고자 마음먹게 된다. 재판이 한 달 앞으로 다가온 시점에서 종교 시간에 불경과 성경을 앞에 놓고 부처님과 예수님 중 양자택일을 보기로 작정을 했다. 절박함과 간절함이 선택과 집중에 주목한 거였다. 결정은 신탁에 맡기고 '무궁화 꽃이 피었습니다'로 찜을 했는데 눈을 떠보니 검지손가락이 성경을 짚었다. 그 후로 종교 시간에는 불경을 제쳐놓고 예수님만을 붙잡고 살려달라고 매달렸다.

"광복군에 가담하기 위해 그 드넓은 땅 중국 대륙을 도보로 종단한 그 영광되고 자랑스러운 네 명의 애국 청년 중에 한 분이 바로 저의 아버지이십니다. 그러나 통탄스럽게도 그 자랑스러운 분이 오늘 천칠백여 명의 병사들이 도열한 저 뒤편 어디선가에서 아들의 굴욕을 목격하고 계십니다. 아버지의 참담한 심정 오죽하시겠습니까? 저에겐 오늘이 천추의 한이 될 게 분명합니다. 원망스럽습니다. 죄를 지었으면 벌을 받으면 그만이지 창경원 원숭이도 아니고… 제 조국의 야만성에 경악하고 후진된 관행에 절망하고 맙니다."

최후진술에서 드러난 이노의 회한과 원망은 공개재판이 열린 부대 연병장에 도열한 온 장병의 심금을 울렸고 재판장의 마음을 움직였다.

결론적으로 초월자의 능력에 힘입어 집행유예가 없는 관행을 이어오던 공개재판에서 집행유예를 선고받고 석방되는 행운의 주인공이 된다.

석방되어 연두와 해후한 이노는 공개재판 최후진술에서 제안한 대로 북파공작원에 차출되어 떠난다.

HID(북파공작원)에 복무한 지 6년의 세월이 흐르고 북한의 최고 지도자 동지와 인척 관계인 현상을 북에서 탈출 시켜오는 임무를 마지막으로 수행하고 전역한다.

싱어송라이터로 새 삶을 모색하는 이노는 문득 연인 연두의 정체를 의심한다.

미행을 통해 자신이 목숨을 걸고 탈북 시킨 현상의 은신처 정보를 잠복해 수집하는 간첩이 바로 연두인 것을 포착한다.

죽어도 연두를 포기할 수 없는 이노는 CIA와 망명 거래를 하고 신혼여행지를 하와이로 잡고 결혼을 서두른다.

하지만 그 사실을 눈치 챈 안기부가 이미 출국금지령을 내린 것을 누군가의 제보로 알게 된 이노는 연두를 납치해 북한안전기획부의 소행으로 억측을 낳게 하고 잠적해서 그림자 인생으로 살아보려고 꼼수를 부려보았지만, 이 역시 수포로 돌아가고 결국 연두의 설득을 받아들여 자수를 한다.

구속된 연두는 북한에 인질로 남아있는 엄마 선자와 남동생 성현의 안녕을 위해 전향을 거부하고 본 적도 없는 외할아버지 정소신처럼 비전향수로 옥살이를 한다.

이노는 김기식 안기부 차장을 찾아가 북에 남아있는 연두의 가족(엄마와 남동생)을 구출하는 작전에 자원한다.

안기부 차장은 이노가 전직 HID(북파공작원)의 요원으로 현상의 구출 작전에 공을 세운 베테랑인데다 민간인이라 적격자인데 자원까지 해주니 고맙다며 반긴다.

하지만, 연두 가족 구출 작전은 안기부장의 보류 결정으로 없던 일이 된다.

한편 선자의 구출에 사활을 건 김기식 차장과 연두의 전향을 학수고대하는 이노는 의기투합해서 개인적으로 몰래 구출작전을 시도했지만 실패하고, 이노는 죽을 고비를 넘기며 구사일생으로 귀환한다.

"그런데 시기상조일세. 어떠한 일이든 매듭이 풀리려면 시대풍조가 따라줘야 하는데… 머지않아 세계 사조가 그런 분위기를 조성하리라 판단하고 있네. 어쩜 우리 예상보다 훨씬 빠를 수도.."

안기부장의 말대로 드디어 베를린 장벽이 민초들의 손에 의해 무너지고 동유럽 공산국가들이 도미노식으로 붕괴하면서 시대 조류가 급속하게 변한다.

"내가 이데올로기라는 미명에 취해 자손들을 불행하게 만들었습니다. 자손들에게 죽을죄를 짓고 삽니다."

안기부장에 취임하고 찾아온 김기식과의 면담에서 뒤늦은 회한을 토로하는 비전향장기수 정소신.

김영삼 대통령이 취임하고 대승적 결단으로 단행된 비전향장기수 북송 이벤트.

여기에 묶어 비밀리에 연두 엄마 선자와 동생이 정소신과 맞교환된다. 그 막후교섭의 주역은 다름 아닌 선자의 영원한 연인 안기부장

김기식이다.

드디어 전향서를 제출하고 일사천리로 석방된 연두와 이노는 결혼식을 치루는데 이때에 선자와 이노가 팔짱을 끼고 신랑 입장을 하고 연두와 기식이 팔짱을 끼고 신부 입장을 한다.

주례는 김기식 직전 안기부장이 맡았다.

이 자리에서 연두 엄마 선자는 연두가 기식의 딸임을 공식적으로 발표하고 이 합동결혼식장은 졸지에 부녀 상봉의 감동적인 퍼포먼스장으로 화한다.

그리고 에필로그로 대미를 장식하는 이노의 노래 '부강조국' 이 불리어지고 대단원의 막이 내린다.

〉〉〉 프롤로그 〈〈〈

S#1. 문선대 공연 - 대대 식당

왁자지껄 웅성웅성 병사들의 잡담 소리가 점차로 커지면서 화면에 부대의 식당 내부가 나타난다.

사회자 : 이하 각설코! 중대 장기 자랑 대회로 돌입하겠습니다.

사회자의 말이 끝나기가 무섭게 한 병사가 잽싸게 앞으로 튀어 나온다.

1중대 대표 : 충성! 선봉 1중대! 상병 박정배!

대대식당이 떠내려 갈듯한 함성이 터진다. 와~!!!

박정배 : 부르겠습니다. 육군 정량 내 건빵. (김태곤의 망부석 개사)

간밤에 먹던 건빵 날이 밝아 찾아보니
침상 위에 빈 봉지만이
그 누구가 먹었던가
육군 정량 내 건빵

파란 봉지 내 건빵
에헤라 씹쌔야 저헤라 씹쌔야
치사빤스 더러분 놈아
돌려다고 내 건빵
자수하면 봐줄게
육군 정량 내 건~~~빵

(함성) 와~!!

그가 자리에 들어가기가 무섭게 2중대에서 한 병사가 잽싸게 나온다.

2중대 대표 : 충성! 철혈 기갑! 이 중대! 상병! 유명식!

(함성) 와~!

2중대 : 왕영은 왕보지! 금보라 금보지! 내 애인! 제대보지!

유명식 : 부르겠습니다. 제대 보지! (군세어라 금순이 개사)

돈도 빽도 없는 놈이 군대는 좆 빨러 왔냐
나는야 육군하고 쫄다구란다
애인아 내 말 들어줘
보지 팔아 제대 시켜줘

씨발놈 새끼 개새끼
내 보지가 제대 보지냐
내 보지가 제대 보지냐~~~

(함성) 와~~~!

노래가 끝나자 거들먹거리며 한 병사가 나온다.

병장 : 여러분도 다 알다시피 전역 대기중인 본부 중대 말년 병장 이용식 입네다.

에~~~! (본부중대를 제외한 전 중대에서 야유가 터진다)

이용식 : (손사래를 치며) 말년 병장이 꼭 이런데 나와서 주책을 떨어야 쓰것냐 싶으면서도 내 정도 짠밥 차면 저절로 대대를 사랑하는 애부심이 생기는 법. 우리 부대 여러분의 기쁨을 위해 말년 병장 체면이고 위상이고 다 팽개치고 그야말로 계급장 떼고 쪽 팔려 나왔시다.

본부중대에서만 함성 터진다. 와~~~!
그러자 다른 중대에서 야유가 터진다. 그때에 대대원 한 명이 벌떡 일어나 조롱한다.

대대원 : 속 보인다. 휴가 가고 싶어 말년 병장 노망났구나!

대대식당에 폭소가 터진다. 이에 아랑곳 않고

이용식 : 슈지큐!

본부 중대 : (함성) 와~~~!
다른 중대 : (야유) 에~~~!

슈지큐 리듬에 맞춰 율동하는데 말년병장답게 노숙하고 매끄럽다.
끝나고 3중대 지정석에서 말년 병장이 일어난다.

3중대 말년병장 : 우리 3중대는 엊그제 전입한 따근따근한 괴물 신병 이노 일병을 출격시킵니다. 출격!

3중대 : (함성) 와~~~!

신병답게 쏜살처럼 무대 앞으로 튀어나가는 이노.

이노 : 충성! 천하무적 3중대 신병 이노! 심메마니를 부르겠습니다.

(함성) 와~~~!

[CUT T0]

경연이 끝나고 대대장이 나와 시상을 한다.
대대장 : 다들 신나게 놀았지?

대대원 : 네!

대대장 : 오늘 이 신명을 가지고 군 복무에 충실할 것을 당부한다. 알았나?

대대원 : 네!

대대장 : 오늘의 그랑프리는 당연히 엊그저께 전입온….

3중대원 : (함성) 와~~~!

S#2. 구타

캄캄한 밤. 후미진 곳에서 엎드린 채로 엉덩이에 곡괭이 자루로 타작을 당하는 병사들 모습이 보인다.

S#3. 보초근무

보초근무자들이 불침번 서고 있는 고참 앞에 선 채로 복장점검을 받고 있다.

고참 : (이노의 철모를 막대기로 두드리며 괜히 트집을 잡는다) 이늠아가 전입 온 지 일주일도 안 된 신병 주제에 휴가 다녀왔다고 군기 빠진 거 봐라?

이노 : ….

고참 : (눈을 치뜨며) 니 시방 뭐라 했나?

이노 : ???

고참 : 이늠아가 신병 주제에 고참 질문에 입 다물고 개기네?

이노 옆에 서 있는 상병의 쪼인타를 까며 타박한다.

고참 : 아이들 교육 요따구로 밖에 못 시키지? 제대를 코앞에 둔 내가 시방 이런 풋내기 신병 따위를 데리고 잔소리해 쓰것냐?

상병 : (V.O) 이번 달에 병장 갓 달은 게 놀고 자빠졌네요. (부지불식간에 피식 웃고 만다)

병장 : 비웃어?

상병 : 그게 아니고… (이왕지사인거) 이제 막 병장 다셨잖습니까?

고참 : (귀싸대기를 갈기며) 이 새끼 봐라.

상병 : (안색이 어두워진다)

고참 : 상병 계급장 달았다고 하늘같은 고참님 말씀에 콧방귀를 뀌네? 그러니 밑에 애들 교육이 제대로 되겠냐고? 곡괭이 자루를 놓은 지가 한참 되었더니 상병 느므 새끼가 신참 앞에서 고참한테 뻐대기고 말이시… 콩가루 군대 다 되어버렸어. 니들 보초 다녀와서 보자고.

S#4. 탈영

보초 초소에서 나온 한 병사가 울타리 쪽문을 열고 나가는 모습이 보인다.

[CUT TO]

순찰 중이던 일직사관이 초소가 빈 것을 보고 여기저기 둘러본다. 급기야 야간근무수칙인 무언을 깨고 보초! 보초!를 소리내어 불러보지만 대답이 없다. 대대 일직사관은 불길한 예감이 들자 곧바로 초소 안에 설치된 인터폰으로 대대 행정반에 탈영이 의심되는 현재 상황을 긴급 보고 한다.

S#5. 비상

취침 중인 각 중대 병력에게 비상이 발령되고, 연병장에 긴급 집결하라는 명령이 하달된다. 캄캄한 연병장에 무장한 대대 병력이 중대별로 들어와 집결을 마치고 곧바로 병영 밖으로 나가 이노!를 연호하며 수색 작업에 돌입한다.

S#6. 산중턱 - 유격장 너른 마당

나무 그루터기에 앉아 담배를 피우며 번민하는 이노.

[INSERT]

논산 훈련소 내무반에서 피교육생들이 침상에 가부좌를 틀고 교육받는 모습이 화면을 채운다.

(V.O) 내무반장 : 무장 탈영은 본인뿐만 아니라 직속상관인 중대장과 대대장의 옷을 벗기는 중대 범죄이다.

[CUT TO]

이노 : (독백) 절이 싫으면 중이 떠나면 그만인 법. 이건 내가 원하는 바가 아니다.

그루터기에서 일어나 산을 내려가는 이노 모습이 어둠 속으로 사라진다.

S#7. 유턴

피아를 식별하기 힘든 캄캄한 들판에서 이노를 연호하는 무리에 어느새 합류한 이노가 보인다. 그도 역시 이노!를 연호하며 그 틈을 비집고 거슬러서 병영으로 되돌아 들어간다. 잽싸게 소총과 탄띠, 탄창 등 무장을 해체해 놓고 도로 산길로 튄다.

S#8. 낮잠

서른 살 쯤으로 보이는 시골 남자가 낫을 들고 숲을 헤치고 들어가다 움찔한다. 자고 있던 군복 차림의 이노와 맞닥뜨린 거다.

이노 : (태연자약하게 눈을 비비고 하품을 하며) 벌써 대낮이네.

S#9. 허기

산 속에서 내려온 이노가 초가 앞에 당도한다.
흙으로 지어진 초가집. 문 열린 부엌. 석유곤로 위에 올려놓은 냄비 속에서 누룽밥이 끓고 있다. 얼른 들어가 냄비를 들고 냅다 튄다.

S#10. 개밥

게걸스럽게 음식을 먹고 있는 이노.
어느 정도 허기가 채워지자 별안간 구역질을 한다.

이노 : (독백) 겨우 한 끼 굶고 배고파 개밥을 훔쳐 먹었네.
밥통이 더럽고 온통 찌그러진 냄비인 게 클로즈업 된다.

S#11. 도둑질

마을로 내려 온 이노가 여염집 빨랫줄에 걸린 옷을 훔쳐 달아난다.

S#12. 군화

백 바지에다 티를 입고 걸어가는 이노를 마주쳐 가는 두 명의 여성이 슬며시 웃는다. 이노가 그녀들의 눈길이 머문 바지 밑을 본다. 백 바지에 코가 뭉뚝한 까만색 군화가 부조화를 이루고 있다.

S#13. 노인정

노인정에 들어간 이노가 현관에 벗어놓은 신발 중에 하얀 신발을 신어 본다. 딱 맞는다. 신발을 바꿔 신고 군화를 갖고 튄다.

S#14. 무전취식

음식점에서 육개장을 허겁지겁 먹고 있는 이노의 모습이 보인다.
방금 한 병사가 애인과 함께 들어와 냉면을 주문한다.
이노도 냉면을 추가 주문한다.
음식을 먹는 중에 일어난 이노가 카운터로 가서 묻는다.

이노 : 화장실이 어디죠?
주인 : (손짓으로 가리키며) 저기 이층에 있어요.

S#15. 줄행랑

용무를 마치고 방금 화장실에서 나온 이노가 이층에서 뛰어내린다.

S#16. 파란 논 풍경

한갓진 논두렁길을 초등생 남자 아이가 까불며 앞서 가고 처녀가 걸어오고 있다.

S#17. 무단출입

빈 집의 철문을 열고 들어온 남자 아이가 수돗가에 반 토막 남은 수박을 보고 뒤이어 들어온 여자에게 말한다.

아이 : 누나 여기 웬 수박이 있네?

여성 : 빈집에 누가 갖다 놓았을까?

S#18. 방안

방안에 누워 잠자고 있던 이노가 소스라치며 깬다.

그때 아이가 쪼르르 달려와 방문을 연다. 이노와 눈길이 마주친다.

이노 : 그 수박 너 먹어라.

아이 : 아저씨는 누구세요?

이노 : 넌 누구니?

아이 : 여기가 우리 집인데요.

이노 : 빈 집이라 들어와 쉬고 있었지. 당장 갈게.

방을 나와 대문을 향해 가는 그의 뒤 모습을 보며 여자와 아이가 고개를 갸웃거린다.

S#19. 논두렁길

이노가 논두렁길을 걷고 있다. 저 뒤에서 여보시오! 여보시오! 부르는 소리가 들린다. 이노가 뒤돌아본다. 중년의 사내가 걸어온다.

이노 : 저를 부르셨습니까?

은인 : 그럼 당신 말고 여기 누가 있소?

이노 : (다가오는 남자를 향해) 왜 그러시는데요?

이노 앞에 와 선 남자.

은인 : 내 집에 계셨다며?

이노 : 훔친 거 없습니다.

은인 : 훔칠 물건 자체가 없지요. 비워놓은 집인데….

이노 : ?

은인 : 거긴 내 사업장이었는데 장사가 안 되어서 집어 치우고 비워놓은 지가 얼마 안됐어요.

이노 : 근데 왜?

은인 : 당신 얼굴에 수심이 가득 차 있는 거 알아요? 왠지 내가 도움이 되고 싶은데… 나랑 대화하지 않겠소?

이노 : 저랑 초면이시잖아요?

은인 : 그게 무슨 상관이요? 나랑 대화합시다.

이노 : ….

은인 : 무언가 딱한 사정이 있으니 멀쩡하게 젊은 사람이 남의 빈집에

들어와 유숙한 게 아니겠소?

이노 : 싫습니다.

그런 이노를 묵연히 응시하는 남자와 그 시선을 외면하는 이노.

곧 이노가 돌아서 가던 길로 걸어가고 그 남자는 가만 선 채로 보고 있다. 잠시 후 남자가 뒤돌아 왔던 길로 가는데 이노가 갑자기 몸을 돌려서 그 남자를 향해 달려간다.

S#20. 평상 위

아까 그 빈집의 평상 위에 중년의 남자와 이노가 앉아 대화를 나누고 있다.

은인 : 그러니깐 방위인데 출근을 안했다는 거잖소?

이노 : 네.

은인 : 그깟 건 큰 죄가 안 돼. 그래서 방위는 탈영이 아니고 분실이라 하는 거 아니요. 부끄러운 얘기지만, 나도 옛날에 군에서 탈영을 세 번씩이나 했네. 그래서 제대로 된 직장은 꿈도 못 꾸고 이렇게 천대받는 기집 장사로 연명하게 되었다오.

이노 : (놀란 표정)

은인 : 그땐 배가 고파 군 생활을 할 수가 없었어. 집에 도망와 있으면 고참들이 끌고 가서 반 죽을 만큼만 두들겨 패는 거라. 세 끼 밥도 제대로 나오지 않는 배고픈 군 생활을 한마디로 폭력에 강요당한거지. 지금 생각하면 어떻게 그 세월을 살았나 싶어?

불현듯 격한 감정에 사로잡힌 이노가 감정을 억누르느라 잠자코 있다가 삭힌 후에 이실직고한다.

이노 : 저 요 부근에 있는 6전차 병사입니다.

은인 : (예상했단 표정으로) 그럴 거 같드라니! 나랑 잘 만났시다. 당장 자수합시다. 그게 사는 길이요. 내가 이 장사 하느라고 이곳 헌병대장서껀 잘 알고 지낸다우. 내가 힘써줄게 응?

이노 : (눈 감은 채 가만있다)

은인 : 도망나온 지 며칠 됐는가?

이노 : 나흘째네요?

은인 : 배고프지? 뭘 먹을까?

이노 : (배고픔에 염치없이) 짬뽕이 먹고 싶습니다.

은인 : 든든하게 밥 종류가 어떨까?

이노 : 짬뽕 국물에 고량주를 마시고 싶습니다.

은인 : (그 옆에 서 있던 아가씨에게) 언니야 얼른 가게에 가서 주문해라. 짬뽕, 탕수육, 고량주.

여자가 사장의 지시에 냉큼 대문을 나선다.

이노 : 고맙습니다.

은인 : 내 비록 이런 장사를 하지만, 아가씨들 착취하며 살지는 않는다오. 어제도 내 돈 백여만 원 들여서 우리 집 아가씨 수술시켜 주었다오.

S#21. 은인의 공로

음식과 술을 마시며 두 사람 대화를 계속한다.

상을 물리고 놀랍게도 남자가 만원 권 한 다발을 이노 앞에 내놓는다.

이노 : (놀라며) 이게 뭡니까?

은인 : 자네가 고집을 꺾지 않으니 별수 없잖는가?

이노 : !?!?

은인 : 자네가 우발적으로 탈영을 해 수중에 돈이 한 푼도 없다고 해서 주는 거요. 돈 없이 도피 생활을 하려면 도둑질을 하는 등 또 죄를 지을 거 아니겠소? 이제 밥도 먹고 술도 마셨겠다. 어서 떠나시게.

이노 : 생면부지에… 염치없지만 이 돈 받아 넣겠습니다.

은인 : 만에 하나 헌병대에 체포되면 이 돈의 출처에 대해선 사나이답게 함구하는 거요.

이노 : 네 명심하겠습니다.

돈을 주머니에 넣고 나가는 이노가 뒷덜미가 땅겨 대문 문턱에 다다라 잠시 망설이더니 등 돌려 선다. 곧 그 자리에 무릎을 꿇는다.

이노 : 하구 많은 사람들 중에 왜 아저씨같이 선한 분을 만나게 되었는지요?

은인이 평상 위에서 맨발로 뛰어 내려와 이노를 부둥켜 앉는다.

은인 : 고마우이.

S#22. TV는 사랑을 싣고

남 아나 : 오늘 사연은 요즘 '이노의 노래'로 장안의 화제가 되고 있는 대박 스타 이노 씨의 사연입니다.

남자 아나운서의 소개를 받고 이노가 무대에 등장한다. 방청석에서 환호성과 박수가 터진다.

여 아나 : (무대로 나온 이노 곁으로 다가와 서서) 요즘 바쁘시지요?

이노 : 몹시 바쁩니다.

여 아나 : 몹시 바쁜 중에도 저의 프로에 참여하신 건 그만큼 급박한 볼 일 때문이신 거네요?

이노 : 물론입니다. 화면에서 보셨듯이 제 필생의 은인을 찾는 일이니까요.

남 아나 : 저도 감동적으로 보았습니다. 그런데 왜 이렇게 늦게 제보하셨나요.

이노 : 그거야 제가 이 프로그램에 제보할 만큼 유명인이 못 되었던 게 결정적인 이유였고요. 그 점에 대해선 아저씨께 할 말이 있네요?

여 아나 : 요즘처럼 삭막한 세상에 저렇듯 자비로우신 분이 계시다는 게 믿어지지가 않습니다.

이노 : 하늘의 도우심이랄 밖에요. 지금에 생각해도 100만원이란 돈은 남에게 선뜻 주기엔 부담가는 큰 돈이잖습니까? 밥 먹여줘,

술 먹여줘, 일부러 시간내서 체포라고 우기는 대대장과 헌병대의 진술에 맞서서 자수라고 군 검찰관에게 진술해줘. 난생처음 보는 사람에게 이런 선의를 베풀다니요? 세상에 이렇게 고마운 분이 계실 줄이야…!

남 아나 : 그런데도 여태껏 찾아뵙지 못하신 거네요?

이노 : 그 점이 항상 목구멍에 걸린 가시였습니다. 군생활하는 동안 외박과 휴가기간에 두 번이나 찾아 봤지만, 허탕쳤습니다. 제대 후에는 먹고 사는 일에 바빠서 그만… 하지만, 단 하루도 아저씨를 잊고 산 적은 없었습니다. 어서 잘 되어서 아저씨께 보은하는 그날만을 간절한 마음으로 고대하며 살아왔습니다.

여 아나 : 간절하게 원하면 이루어진다더니 정말로 현실이 되었네요?

이노 : 네 맞습니다! 'TV는 사랑을 싣고' 프로그램이 시작되면서부터 구체적으로 소망을 품었던 것 같습니다. 어차피 인생은 이벤트의 연속이고 한편의 퍼포먼스다! 이렇게 단정짓고 보은 퍼포먼스를 꿈꾸어 왔습니다.

여 아나 : 어머나! 이노 씬 대박 스타 전에 이미 발상 자체가 대박이셨네요.

남 아나 : 지금 그분을 뵈면 알아보실 수 있겠어요?

이노 : 느낌인데요? 그분 단번에 알아볼 거 같아요. 또 그래야만 되는 거잖아요? 당시에 그분이 마흔 아홉이셨으니깐 십 년이 흐른 지금 쉰 아홉 되셨네요.

여 아나 : 이노 씨 지금 가슴이 방망이질 치고 있지요? 십 년을 품어왔던 그 소망이 이루어지기 직전입니다!

이노 : 그렇습니다! (울먹이며) 아저씨, 늦게 찾음을 용서해 주십시오.

남 아나 : 이노 씨가 눈물을 글썽이시네요. 급하지요? 자, 불러보세요!

이노 : (무대 입장하는 문을 향해) 아저씨! 아저씨!

이노의 외침에도 불구하고 문이 열리지 않는다.

남 아나 : 오영태 님을 우리 제작진이 못 찾은 게 아닐까요? 가끔 찾는 분이 세상을 떠나셔서 못 모신 경우가 있었습니다만….

그 말에 이노 무대 위에 풀썩 주저앉는다.
그때에 무대 옆의 출입문이 열리면서 두 사람이 등장한다.

남 아나 : 이노 씨 한번 일어나 확인해 보세요.

이노 벌떡 일어나 무대 중앙 위로 나온 두 사람 중 한 사람을 마주 보다가 아저씨! 하며 부둥켜 안는다.

이노 : (포옹을 풀고 손수건으로 눈물을 훔친다) 아저씨… 절부터 받으세요. (엎드려 큰 절을 올린다)

은인 : (절을 하고 일어난 이노의 양팔을 잡으며) 이렇게 찾아줘서 고맙네.

이노 : 이 젊은이가 그때 5학년이던 그 아드님?

은인 : (고개를 끄덕인다) 인사 드려라.

이노 : 참 반듯하게 성장했네요?

은인 : 아버님은?

이노 : 함께 오셨습니다. (방청석을 향해) 아버지 올라오세요.

연두가 아버지를 부축해 함께 무대 위로 올라온다.

아버지 : 여~ 반갑소이다. (은인의 두 손을 잡는다)

은인 : 올해 춘추가?
부친 : 부질없이 헛먹은 나이 공개석상에서 밝히기가 쑥스럽소이다.
이노 : (연두를 가리키며) 이 사람이 저하고 결혼할 사람입니다.
은인 : 참말로 곱게도 생기셨네. 축하하오.

방청석에서 박수가 터진다.

남 아나 : 보기에 넘 좋습니다. 이노 씨 행복하시죠?
이노 : 보시다시피.
여 아나 : (연두를 보며) 신랑 되실 분에게 언제 프러포즈 받으셨어요?
연두 : (담담하게) 중학교 2학년 때요.
여 아나 : 네!?
남 아나 : 되게 웃긴다. 중학교 2학년이면 14살… 15살 때인데….
여 아나 : (주먹으로 알밤을 때리는 시늉을 하며) 요 맹랑한 것들 봤나?

방청석에서 웃음이 터진다.

남 아나 : 오늘 이 자리가 잔치마당이 되었습니다.

여 아나 : 잔치마당에 노래가 빠질 수 없죠? 이노 씨가 오영태 님께 헌정한 노래를 불러주실 거죠?

이노 : 물론입죠.

여 아나 : (은인을 향해) 요즘 장안에 화제가 되고 있는 이노의 노래 '은인의 공로' 아세요?

은인 : 그러믄요. 매일 열다섯 번씩은 듣습니다. 제 평생 들어본 노래 중에 젤로 좋더라고요. (엄지손가락을 치켜세운다)

방청석에서 폭소가 터진다.

마이크를 잡은 이노가 노래 부르기 전에 멘트 한다.

이노 : 인디언의 기우제는 반드시 이루어진다고 합니다. 왜냐면? 비가 올 때까지 한 달이고 일 년이고 십 년이고 주구장창 포기 않고 지내서 그렇답니다. 십 년을 소망해 온 은인과의 상봉이 오늘에야 이루어졌습니다. 이런 날을 예비하신 조물주께 먼저 감사드리고, 아저씨 건강하게 살아계심에 감사드립니다. 또 이렇듯 감격적인 상봉의 자리를 마련해주신 프로그램 관계자님들께도 깊은 감사를 드립니다.

부르겠습니다. 이노의 노래 '은인의 공로'

노래 부르는 중에 'TV는 사랑을 싣고' 세트장이었던 화면이 콘서트장으로 오버랩 된다. '은인의 공로' 끝난다.

S#23. 이노의 노래 콘서트 장

콘서트 장의 화려한 조명과 고막이 터질듯한 강력한 음향사운드에 발 디딜 틈 없이 운집한 인파는 파도처럼 출렁이며 뜨거운 열기를 내뿜고 있다. 방금 이노의 노래 '아름다운 밤' 끝부분이 연주되고 끝났다. 무대 정중앙에 방금 노래를 끝마치고 선 이노가 멘트 한다.

이노 : 부모님은 서로를 탐닉하시다가 우리를 잉태하셨습니다. 고로 원천적으로 우리는 기쁘게 살 수밖에 없게 만들어진 자녀입니다. 그러나 현실은 어떠합니까?

경제가 어려우니깐 사는 게 힘들고 사는 게 힘드니깐 삶이 팍팍합니다. 하지만 우리가 호흡하는 한 삶은 지속되기 마련입니다.

엎어지고 넘어져도 깡다구! 깡다구! 권세도 명예도 재물도 암껏 없는 볼품없는 내 인생. 그럼에도 불구하고 소중한 내 인생입니다.

부르겠습니다. 이노의 노래 깡다구!

깡다구 노래의 신명에다 사이키 조명이 어지럽게 쏟아지고 관객들이 요동치니 콘서트 장은 곧바로 광란의 도가니로 화한다.

이때 화면에 '이노의 노래' 자막이 점점 더 크게 부각되면서 사라지고 주연 연두와 이노의 배우 이름이 뜨고 지고 감독 이름이 뜨고 지고~~~.

S#24. 중공 공항 대합실

노인과 미모의 젊은 여성이 북괴군 군복 차림을 한 남자들의 전송을 받으며 비행기 트랙에 오르고 있다.

S#25. 중공 여객기 안

비행 중인 여객기 안은 잠잠하다. 나른한 기운에 취한 승객들이 하나 둘 잠의 나락에 빠져들 때 쯤. 앞 쪽에서 갑자기 한 남자가 일어나더니 재킷 속에서 권총을 잽싸게 꺼내 기장실 문 앞에 서 있던 스튜어디스를 인질로 잡고 고개 숙여! 고함치며 승객들을 위협한다. 그와 동시에 중간과 끄트머리에서 납치범들이 동시에 총 들고 일어나 삽시간에 기내를 장악한다.

앞으로 나간 사내는 스튜어디스를 앞장세우고 기장실로 사라진다. 중간에 일어난 사내가 앞으로 나와 선다.

S#26. 기장실

납치범은 기장에게 대만으로 기수를 돌리라고 협박한다.

기장 : 이 비행기는 국내선이라 타이완으로 갈 수 있는 기름이 없습니다.

납치범 : (기장의 관자놀이에 총구를 바짝 들이밀며) 그럼 여기서 다 죽자.

기장 : 당신은 타이완으로 귀순이 본래 목적이지 이 많은 사람이 다 죽는 건 원하는 바가 아니잖소?

납치범 : 기름이 없데며?

기장 : 세상일엔 항상 차선이란 게 있잖소?

납치범 : (솔깃해 한다) 그럼?

기장 : 남조선까진 갈 기름은 되오.

그 말에 납치범이 기장에게 오케이 사인을 보낸다.

S#27. 기내

기장실 밖 기내에는 모든 승객들이 고개를 숙인 채 팽팽한 긴장이 유지되고 있다. 그때 한 여성이 손을 번쩍 치켜든다. 앞에 서있던 납치범이 손가락을 까닥거려 나오라고 지시한다. 여성은 일어나 그 납치범 앞으로 나가고 함께 앉았던 노인이 만류할 타이밍을 놓쳐 안타까워하는 모습이 보인다.

연두 : 난 조선인이에요. 제가 통역해드릴게요.

납치범 : (미소를 지으며) 우리를 도와주시오.

연두 : (창을 내다보며) 여긴 북조선이에요!

납치범 : 기수를 돌려!

기장실 납치범이 홧김에 총을 쏜다. 항법사가 쓰러진다.

기장실 납치범 : (기장을 위협하며) 당장 남조선으로 기수를 돌려!

S#28. 안기부 취조실

테이블을 가운데로 젊은 여성과 취조하는 남자가 마주 앉아있고 한 남자는 팔짱을 낀 채 서 있다.

까만색 통유리 방에는 한 남자가 마이크 앞에 앉아있고 또 한 남자는 서 있다.

방금 취조를 마친 남자가 서류를 정리하자 팔짱을 낀 채 서 있던 남자가 여성의 앞으로 다가와 감격해 한다.

남자 : 장하십니다.

연두 : 고맙습니다.

3개월 뒤.

S#29. 이노네 집

사복 헌병수사대가 급습한다.

초인종 소리가 난다.

이노 모 : 누구세요?

사복헌병1 : 여기가 이노 일병 집이지요?

이노 모 : 그런데요?

사복헌병2 : 육군헌병수사대에서 나왔습니다.

문 열어 준다.

이노 모 : 무슨 일이세요?

사복헌병1 : 이노 일병이 탈영했습니다.

이노 모 : 모라구요! (주저앉는다)

이노 조모 : 에미야~~!!!

S#30. 군단 구치소

작렬하는 한여름 낮의 햇살. 그 열띤 창공이 화면을 채우고 사내들의 복명복창 소리가 점차로 크게 들려온다.

"아들 낳지 말게!"
"자네 말이 옳네!"
"아들 낳지 말게!"
"자네 말이 옳네!"

S#31. 신참 죄수

구치소 정문 입구에서 입소를 앞둔 죄수가 초소병 앞에서 얼차렷을 받고 있다. 명찰 없는 군복 차림에 신고 있는 군화에는 끈이 없다.

M16 소총을 삐딱하게 어깨에 걸친 채 초소병이 심심파적으로 뒤로 취침! 앞으로 취침!을 거들먹거리며 내뱉는 반면 열성을 다해 수행하는 신참 죄수는 반쯤 얼이 나가 있다.

[INSERT]

아이의 돌팔매질에 생과 사를 들락거리는 개구리를 연상하는 장면이 화면을 채우고 곧 사라진다.

S#32. 구치소 안

구치소 마당에서는 흰색 사각팬티 차림으로 이십여 명의 수감자들이

기합을 받고 있다. 오리걸음을 하며 "아들 낳지 말게" "자네 말이 옳네"를 복명복창 하는데 영창이 떠내려 갈 듯 우렁차다.

다시 구치소 밖 초소.

S#33. 군기 잡기

초소헌병 : (신참의 쪼인타를 냅다 까며) 이 씹쌔 동작 봐라! 굼뱅이 처먹었냐?

허리를 굽혀 정강이를 부빈 신참 죄수가 통증에 얼굴을 찌푸린다.

초소헌병 : (냅다 싸대기를 갈기며) 이 새끼가 시방 어느 안전이라고 눈깔을 치뜨고 자빠졌어.

신참 죄수 : ???

초소헌병 : 야! 여기가 어딘 줄 알어? 니들같이 정신줄 나간 똘아이 새끼들 모아다가 두들겨 패고 짓이겨서 나간 정신줄 돌아오게 만들라고 어명 받아 지어진 인간 개조창이란 말이다.

S#34. 구치소 마당

헌병1 : 복창 소리 봐라! 아침 못 먹었나! (육모 방망이를 허공에 휘두르며 독려한다)

수인들 : 아들 낳지 말게!

수인들 : 자네 말이 옳네!

헌병1 : 더 크게 복창한다!

수인들 : 아들 낳지 말게!
수인들 : 자네 말이 옳네!

그때 고성능 스피커에서 난데없이 민방위 공습경보가 울려 퍼져 나왔다.

경계경보 없는 공습경보 발령이다.

또 훈련 상황도 아니고 실제 상황이라고 거듭되는 방송에 구치소에 동요가 일었다.

민방위본부 : 공습경보! 공습경보! 백령도와 연평도 일원으로 침투한 적의 폭격기가 지금 인천과 경기 지역을 공습하고 있습니다! 이것은 훈련 상황이 아니고 실제 상황입니다. 실제 상황입니다.

헌병1 : (영창 정문의 입초병을 향해) 야, 김 상병! 시방 이게 뭔 소리래? 실제 상황이라니? 시방 전쟁 난 겨?!?!

방망이를 쳐든 채로 병장이 다급한 목소리로 초소를 향해 고래고래 고함을 질러댄다.

초소병 : (목소리만 들린다) 저도 모르겠습니다.
헌병1 : 당장 당직대에 알아본나?
초소병 : 네!

S#35. 초소 안

(초소병이 다급하게 초소 안에 설치된 인터폰 송수화기를 귀에 대고 자판을 급하게 두드리는 모습이 보인다) 그 와중에도 계속해서 고성능 스피커에서는 긴박함을 조성하는 공습 경계령이 계속해서 반복 방송되고 있다.

S#36. 입창

헌병1 : (영창 안으로 수인들을 몰아넣으며) 입창! 이 씹쌔들 동작 봐라!

S#37. 충원

그때 증파된 다섯 명의 헌병들이 오늘 입소하는 신참 죄수를 앞장세우고 구치소 정문 쪽문을 열고 들이닥친다.

그들도 헌병1을 도와 소총으로 수감자들을 윽박질러 유치장으로 입창시킨다. 고성능 스피커에서는 계속해서 인천과 경기 지역이 적의 폭격기로 공격당하고 있고 응전으로 아군 전투기가 출동했다는 급박하지만, 진전된 상황이 방송되고 있다.

S#38. 겨냥

방금 헌병들이 실탄이 장전된 소총을 겨냥한 채 각 철장마다 서 있다. 재소자들을 향해 소총을 겨눈 헌병들의 싸늘한 눈빛과 수감자들의 퀭한 눈빛이 대치하고 있다.

수감자들 중 방금 입소한 신참의 고향이 인천이다. 신참의 얼굴에 낭패의 빛이 역력하다. 그의 입가에 어머니! 하는 신음소리가 새어나온다.

잠시 후 민방위훈련 상황실에서 공습경보가 경계경보로 전환되었음을 알렸다. 그러자 증파되었던 다섯 명의 헌병들이 고참 헌병1에게 경례를 하고 철수한다.

S#39. 푸념

헌병1 : (철장 앞에 접이식 철제 의자를 갖다 놓고 앉으며) 씨발 느므꺼. 십년 감수했네. (헌병이 내민 군화를 수감자가 광내기 시작한다) 제대 한 달 남겨놓고 말뚝 박힐 뻔 했자녀? (병장 헌병이 담배 연기를 길게 내뿜으며 안도의 한숨을 내쉰다) 니들도 개죽음 당할 뻔했다.

말을 해놓고 헌병이 철창 안의 수감자들을 향해 헤죽헤죽 웃는다.
수감자들이 의아한 표정이 된다.

방장 : (수감자 중 최고참을 일컫는 용어. 철장 안에서 일어나며 당장 묻는다) 그게 시방 뭔 소리래요?

헌병1 : (음성에 장난 끼가 실려 있다) 우리 전시 시나리오에는 재소자들은 전부 적군 총알받이로 투입하게 돼 있거든?

방장 : (도끼눈을 뜨고) 에이~ 그럴 리가요?

헌병1 : 저 씹쌔… 닌 떼국 놈 빤스 입었냐?

방장 : 그렇잖고요? 죄수는 이 나라 백성이 아니랍디까?

헌병1 : 깐 좆 또 까고 자빠졌네. 난 인민군은 나중이고 니들이 폭동 일으킬까봐 조마조마했다. 제대 한 달 남겨놓고 이게 뭔 지랄이란 말이냐?

수감자1 : (헌병의 군화를 광내며) 왜 그런 거래요?

헌병1 : 낸들 알것냐? 이따가 상황 파악 되겠지. 암튼 올해는 뭐가 터져도 크게 터질 성 싶다. 방귀가 잦으면 똥 싼다고… 2월에는 이웅평이가 북한에서 뱅기 타고 귀순해 난리 죽였지. 5월에는 중공민항기가 납치되어 불시착해서 한바탕 소동을 치렀지. 점입가경으로 이제는 실제상황 나발까지 불고… 애꿎은 우리 군발이들만 좆뺑이 까게 만든다.

수인2 : 이웅평이나 중공 민항기 때는 실제 상황이라고 쌩 안 깠잖아요?

헌병1 : 그러게 말이다. 아마 우리나라에 민방위본부가 생긴 이래 실제상황이라고 오보한 건 오늘이 처음이래지? 씨부럴 새끼들 엄한 사람들 놀랜 킨 값 어캐 치루려고… 한마디로 말년병장 간 떨어질 뻔 했자녀?

방장 : 죽일 씹새들이죠. 우리 중에 인천이 고향인 사람은 십여 분 동안 맘속으로 생지옥 난리를 죽였을 거 아니에요? 좆같은 군대 끌려와서 철창신세 된 것도 서러운데 말이죠?

헌병1 : 그러게 니들 보고 누가 사고치고 빵 들어 오랬냐고요?!

방장 : 근무자님도 그런 신간 편한 소리 자꾸 해 싸면 동티납니다.

헌병1 : 얼씨구! 이건 몬 개뼈다귀 같은 소리래? 몬 구신 씨나락 까먹는 소리냐구요?

방장 : 오죽했음 죄짓고 빵 들어오겠어요? 아닌 말로 군대 빵이 사람 패잡는 소굴이라는 걸 천하만민이 다 아는 사실인데 말이죠?

헌병1 : 절씨구! 너 시방 간땡이가 부어서 간이 배 밖으로 튀어 나온 게지? (말을 잠시 끊고) 자, 잡담 그만하고 샤워 하자. 좆 썩는 냄새가 진동한다. (열쇠 고리를 방장이 있는 철장 안으로 던져 주면서) 방장 어서 나와서 애들 씻겨라.

S#40. 샤워

방장이 1분대 유치장부터 문 열고 막사 끝의 좁은 세면실 앞에 재소자들을 일렬로 줄 세운다.

방장 : (방금 좁은 세면실로 들어온 신참의 머리를 박 바가지로 세차게 갈긴다)

신참 : (머리를 감싸 쥔다) 으음~.

방장 : (바가지로 한 대 더 갈기며) 이 새끼야말로 간땡이가 부었구먼. 눈깔 깔어! 이 정신나간 새껴! 공짜로 밥 멕여 줘, 등 따습게 잠 재워 줘, 심심하지 말라고 일감 만들어 일 시켜 줘. 뭐가 아쉬워 도망을 치고 지랄이래 지랄이… (함지박에서 물 한 바가지를 퍼 건네준다) 이걸로 구석구석 샅샅이 딱어. (갑자기 심술맞게 신참의 불알을 콱 틀어쥔다)

신참 : (비명 지른다) 으악!

방장 : (당장 귀싸대기를 갈기며 눈을 부라린다) 이 새끼가… 엄살 떨고 자빠졌네. 좆 냄새 안 나게 좆탱이부터 씻으라고 좆 좀 만져준 게 그케 아파? (서로 눈이 마주쳐서 바라보다) 씨부럴 거 좆 냄새 퇴치에는 담배만한 게 없지롱. (선반에 짱 박아놓은 꽁초 담배를 피워 문다) 푸우~ 세상 어디서 요러콤 맛깔나는 담배를 먹어본다니? (열어놓은 쪽창으로 연신 담배 연기를 토해낸다)

그때 유치장 안에 방울 소리가 울렸다.
이 소리는 유치장 근무자들이 근무 중에 잠을 자다가 발각되지 않으려고 입초소에 연결해놓은 임의 장치다.

S#41. 원위치

헌병1 : 미친개 들어온다. 아까 입소한 놈 또 대갈통 빠숴지겠구먼. 고생들 허이~. (잽싸게 의자를 들고튄다)

S#42. 양치질 (S#40.으로 화면 돌아가)

입에 물을 머금고 급하게 양치질 하는 방장의 모습이 보인다.

S#43. 구타

형무반장이 들어와서 그 샤워 행렬을 보기가 무섭게 방장을 부른다.

미친개 : 방장!

신속하게 형무반장 앞에 나타나 부동자세를 취하는 방장.

미친개 : (미간을 찌푸리며) 호 불어봐.

방장 : (호기롭게 미친개 앞에서 호 분다)

미친개 : (냅다 방장의 싸대기를 갈기고 군화발로 쪼인타를 깐다) 이 새끼 또 담배 폈네? 여기가 네 집 안방인 줄 알아? 주제를 알아야지! 넌 죄 짓고 감옥살이 하는 죄수야! 죄수! 엎쳐!

미친개(형무반장)가 창고로 쓰이는 빈 유치장의 문을 열고 총기 진열대에서 목총을 꺼내온다. 유치장 바닥에 엎드린 방장의 엉덩이를 인정사정 볼 거 없이 팬다.

방장의 비명 소리가 영창 안에 울려 퍼진다.

미친개 : (거친 숨을 몰아쉬며 샤워하려고 줄 서 있는 재소자들을 향해 명령한다) 원위치!

수감자 일동 : 원위치!

S#44. 해프닝

이때 세면장 안에서 비눗물을 뒤집어 쓴 채로 불알을 씻고 있던 신참의 안절부절못하는 모습이 앵글에 잡힌다.

S#45. 신고식

각 방에 수감된 재소자들이 초긴장 상태로 가부좌를 틀고 꼿꼿하게 앉아 있다.

미친개 : 어딘네? 오늘 입소한 피라미?

신참 : (옆에 앉은 고참 수감자가 옆구리를 찌르자 펄 듯이 일어나 원기왕성하게) 네! 일 분대 육번! 이노 군탈(군무이탈의 줄임말)!

미친개 : 씹쌔야? 니가 독립운동을 했니? 민주화 투쟁을 했니? 뭐가 그토록 자랑스러버 짖어대고 난리니 난리가? 이 코랑말코랑 씹쌔야! 어게인. 오늘 입소한 피래미 어딘네?

신참 : (작은 소리로) 네 일 분대 육번 이노 군탈.

미친개 : 이 피래미 새끼가 군기가 빠져 갖구설라니 신삥 주제에 목소리가 개미 소리네!

형무반장이 관등성명 소리가 난 철장 앞으로 성큼성큼 다가와 선다. 그리고 여섯 명이 이 열로 앉아 있는 축의 뒤쪽에 서 있는 그 수감자를 검지를 까닥거려 철장 앞으로 부른다.

신참이 철장 앞으로 바짝 다가서자 형무반장의 전매특허인 번개탄 싸대기 갈기기가 눈 깜짝할 새 철장을 사이에 두고 신참의 뺨에 수십 대가 작렬했다. 신참은 얼이 나가 있다.

미친개 : (신참의 얼굴을 손가락으로 집어 땅기며) 이 새끼 쌍판 가죽이 왜 이리 헐겁노?

말 끝남과 동시에 또 번개탄 타격이 작렬했다.
시뻘겋게 달아오른 신참의 뺨에서 핏물이 배어났다.

미친개 : 이 추저분한 새끼 봤나? 볼따구를 피비지로 범벅해놨네. 더러분 새끼.

형무반장이 성큼성큼 자기 책상으로 돌아가 서랍을 열고 빨간 가죽장갑을 끼고 다시 그 신참이 있는 철창 앞에 섰다.

미친개 : (큰 음성으로) 이 씹쌔 봐라? 내 손 아파가며 사람 되라고 갈겨주시는 은공을 몰라줘도 유분수지. 로션은 고사하고 존귀하신 형무반장님 손바닥을 온통 핏물로 범벅질을 해놓고 말이다.

짜짜짜짜!!! 또다시 시작된 속사포 따귀 때리기 소리가 유치장 안에 울려 퍼진다. 곧 나가떨어지는 신참의 모습이 보이고 가학에 후끈 몸

달은 형무반장이 방금 방장을 팰 때 썼던 목총을 바닥에 질질 끌고 온다.

그 사이 쓰러진 신참이 벌떡 일어난다.

미친개 : 니들같은 쓰레기 인간들 땜시 고향 땅에서 그야말로 땅 파먹으며 순박하게 성장한 촌무지렁이가 군대 와서 깡패 다 되었단 말이다. 이걸 니들 나한테 어떻게 보상할 처!

말 끝남과 동시에 형무반장이 있는 힘을 다해 휘두른 묵직한 목총이 나둥글었다가 잽싸게 원위치해서 꼿꼿하게 서 있는 신참의 정수리에 정확하게 꽂혔다. 그 순간 뒤로 그대로 나둥근 신참은 반사적으로 복명복창을 하며 일어나다가 기우뚱 다시 고꾸라진다. 그리고 철장을 잡고 겨우 일어난다. 그리고 다시 한번 악에 바쳐 복명복창 한다.

신참 : 네! 일 분대 육번! 이노 군탈!

그리고 또 쓰러진다. 공포로 인해 찬물을 끼얹은 듯 착 가라앉은 유치장 안에 형무반장의 가느다란 신음이 배토된다.

미친개 : 으음~~~.

그때 벽에 부착된 인터폰 통화를 끝낸 헌병1이 미친개한테 다가와 보고 한다.

헌병1 : CID(육군헌병수사대) 반장님이 들어오십니다.
미친개 : 철장 탄다. 실시!

명령 하달과 동시에 철장에 매달린 이십여 명의 수감자들.

미친개 : 고향 땅에 계신 부모님을 향해 거듭날게요. 반드시~ 삼십 초간 함성과 함께 실시!

아~~~~~~~~~~~~~~~~~~~~~아~~~~~~~~아~~~!
거듭날게요! 반드시! 거듭날게요! 반드시!

유치장이 떠나갈 듯하다.
철장에 매달린 재소자들의 일그러진 표정이 화면을 가득 채운다.

S#46. 가족회의

안방에 조모와 아버지, 어머니가 둘러앉아 있다.

조모 : 애비야 네 동무들 가운데 장군이 있다며…?
어머니 : (반색하며) 그래요! 파월 사령관 했던 이세혼가 뭔가 하는 사람 말에요? 몇해 전에 3군단장 한다던 분 있잖아요?
아버지 : 내가 왜 안 알아 봤겠소.
어머니 : 무슨 얘기세요?
아버지 : (말 않고 침묵한다)

조모 : 그래 아범아, 얼른 말해봐라. 무슨 얘기냐?

아버지 : 정권을 장악한 신군부가 정풍운동을 하면서 그 친구도 부정축재자로 몰려 숙정되었더라고요.

어머니 : 그분도 뒤가 구린 양반이었군요?

아버지 : 물정 모르는 소리. 쿠데타로 정권이 바뀌면 자기들의 정통성 문제를 희석시키려고 구시대에게 토악질을 심하게 시키는 거라고. 천하의 김종필도 부정축재자로 몰려 정계 은퇴했잖소? 나중에 자기들도 그 꼴 날 걸 모르고 제 세상 만난 양 겁없이 날뛰는 게지.

조모 : 그거야 우리 알 바 아니고… 이를 어쩐다냐? 우리 불쌍한 손주새끼… 불쌍한 손주 새끼… 흐흑

조모와 어머니 실망한 낯빛이 되어 한숨을 쉰다.

S#47. CID(군수사대) 반장 - 다시 S#45.로 돌아가

기합 받느라 소란스러운 영창 안으로 들어오는 CID(군수사대) 반장을 향해 헌병1이 충성 구호에 맞춰 거수경례 한다. CID(군수사대) 반장이 헌병을 손짓으로 불러 귓가에 대고 말을 한다.

헌병1이 곧바로 철창을 열고 수감자들 중에 이노를 불러 CID반장한테 데려간다.

이노가 경례를 하고 형무반장의 책상 앞 철제 의자에 앉는다.

반장이 진지하게 이노에게 말하는 모습이 클로즈업 된다.

[INSERT]

식당 - 점심때가 지나 한적한 식당.

방 안에 두 사람이 마주 앉아 있다.

아버지 : 아닙니다. 자식의 허물이 그 애비의 허물일진대, 반역 죄인을 키운 죄인 애비가 무슨 염치로 면회를 하겠습니까? 반장님의 호의는 감사합니다만, 사양하겠습니다.

CID반장 : 다른 분들은 면회를 통사정하는 데 법으로 금지되어 거절합니다. 반면 요청도 안 하시는 면회를 제가 자청해서 주선하는 것은 아버님의 인품에 반했기 때문입니다. 그럼 전하실 말씀이라도….

아버지 : 제 못난 아들놈이 자기를 이기는 극기의 힘이 부족해서 오늘날 이같은 사고를 저질렀습니다. 이 말을 전해주십시오. 감옥에서 극기의 힘을 키우고 강건한 사나이로 거듭나라고요.

S#48. 극기 - 화면 S#47로 돌아온다.

CID반장 : (쪽지를 건네며) 자, 받아라. 엊그제 자네 아버님께서 다녀가시면서 전해달라고 적어주신 글이다.

이노가 그 쪽지를 펼쳐본다. 한문으로 극기(克己)라고 쓰여있는 게 화면에 부각된다.

CID반장 : 극기! 내가 자네 아버님의 인품에 반해서 금지된 면회를 시켜드리겠다고 자청을 했더니 반역 죄인을 키운 죄인 애비가 무슨 염치로 자식을 면회할 수 있겠냐? 며 사양을 하셨다. 자네야 죄를 지었으니 벌을 받는 게 마땅하지만, 낳고 길러주신 자네의 부모님이 무슨 죄가 있어 이런 고초를 당하신단 말인가? 어차피 엎질러진 물. 이 치욕을 만회해야 하지 않겠는가? 하시라도 고향 땅에 계신 부모님을 잊지 말게. 그러면 다시 시작할 수 있을 걸세.

S#49. 묵상1 - 신탁

구치소에 입감된 지 한 달이 지나고 (달력 8월 7일에서 9월 7일)
철장 안에서 재소자들이 닳고 찢겨진 불경과 성경을 앞에 놓고 보는 둥 마는 둥 시간을 때우고 있다.

묵상 시간인 만큼 소리없이 옹알거릴 뿐이다.
방금 이노는 성경과 불경을 방바닥에 나란히 놓고 눈을 감은 채 '무궁화 꽃이 피었습니다.' 를 속으로 읊조리며 손가락으로 왔다갔다 찍고 있다.
이노가 눈을 뜨고 손가락이 성경을 찜한 걸 확인한다.

이노 : (V.O) 하나님께 판단을 구하고 무궁화 꽃으로 찜했더니 제 검지 손가락이 성경을 짚었습니다. 이것이 바로 하나님의 계시일진대, 불경을 당장 치우고 성경에 집중적으로 매달리겠습니다. 신의 가호를!

[CUT TO] 묵상2

이노가 무릎 꿇고 눈 감은 채로 성경을 가슴에 품고 중얼거리면서 기도하는 모습.

[CUT TO] 묵상3

수인들 전부가 철창을 탄 상태로 단체 기합(S#45의 철창에 탄 모습과 동일하다)을 받는 중에 이노가 입을 읊조리며 기도한다.

그리고 이때 화면이 콘서트 장으로 전환되며 이노의 노래 가스펠 '내가 어려운 지경에서' 음악이 흘러나온다.

S#50. 콘서트

크고 화려한 무대에는 이노 밴드가 이노의 가스펠 '내가 어려운 지경에서' 를 공연한다. 뮤직 비디오로 철창 매달리기, 원산폭격, 마당에서 팬티 바람에 쪼그려 뛰기, 오리걸음, 형무반장의 번개탄 싸대기 갈기기, 최후의 일격 목총 정수리 치기에 까무러쳐 뒹구는 이노의 모습 등 얼차렷이 모음으로 방영된다.

노래 끝나고 곧바로 무대 암전.

S#51. 환상

암전상태에서 핀 조명이 켜지자 무대 위에는 무릎 꿇고 기도하는 이노 앞에 예수님이 나타난 상황.

이노 : 오! 예수님! 이렇게 저를 직접 찾아 오시다뇨! 저의 기도가 급기야 상달되었군요.

예수님 : 너의 작은 신음에도 응답하시는 하나님의 은혜가 나로 너에

게 나타나게 하셨다.

이노 : 감사합니다. 저를 이 옥에서 당장 해방시켜 주옵소서! 저를 이 고난에서 당장 구원해 주옵소서!

예수님 : (묵묵부답으로 묵연히 그런 이노를 내려다본다)

이노 : (무릎 꿇은 채로 예수님을 올려다보며) 아시다시피 저는 사회에선 아무런 전과가 없던 선량한 백성이었습니다. 그런데 군대에 와서 졸지에 탈영범으로 전락했습니다. 엄밀히 따지자면, 자유분방한 저의 영혼이 숨 막혀 살 수 없는 이 폐쇄적인 조직의 폭력적 문화가 화근이었습니다. 고로 저는 선의의 피해자인 동시에 당하지 말아야 할 고통과 질고를 겪고 있는 억울하기 짝이 없는 부당한 고난의 당사자입니다.

예수님 : 내 손을 잡거라.

핀 조명 꺼지며 순간 이동. 핀 조명 들어온다. 이번엔 핀 조명이 두 개다. 한 쪽에는 예수님과 이노. 그 옆 핀 조명 안에는 이노 아버지와 어머니.

예수님 : 뭐가 보이느냐?

이노 : 여긴 우리 집 안방입니다. 저기 이마에 무명 띠를 두르고 혼절해 계신 분은 저의 어머니시고, 홀로이 앉아 흐느끼시는 분은 저의 아버지이십니다.

예수님 : 지금 너의 아비가 구하는 말을 들어보자꾸나.

아버지 : (V.O) 저 아이를 제가 늦둥이 막내 자식이라고 오냐오냐 키워

서 참을성이 없는 반항아로 성장하고 말았습니다. 자기를 이기는 극기의 힘이 부족해 오늘날같은 사고가 발생했습니다. 바라옵건대, 자식놈을 잘못 키운 죄가 애비인 저한테 있으니 저를 벌하시고 우리 못나고 불쌍한 아들놈 구원해 주시고 갱생의 길로 인도해 주십시오. (오열한다)

이노가 오열하는 아버지를 보고 통곡한다.

이노 : 아버지~~!!!!!!!

예수님 : 바로 이것이 너의 죄니라. 너는 조국을 잘못 만난 불운으로 인해 선량한 백성이었던 자신이 한순간에 탈영범으로 전락했노라고 항변했지만, 조국을 배신하는 게 너를 낳고 길러준 부모에 대한 배신임을 깨닫지 못했다.

이노 : (두 손으로 가슴을 쳐대며 괴로워한다)

예수님 : 보아라. 죄는 네가 지었으되, 호된 벌은 너의 부모가 받고 있는 이 해괴한 상황을 너는 어떻게 설명하겠느냐? 바로 이거야말로 부당한 고난임에 틀림이 없잖느냐?

이노 : 예수님 이 고난이 도대체 어디에서 비롯된 겁니까?

예수님 : 참을성이 부족한 너의 반항아적 기질이구나.

이노 : 창조주께서 저를 이 모양으로 만들어 놓으시고 제게 책임을 묻다뇨?

예수님 : 창조하신 분은 자유의지도 허락하셨다.

이노 : 그럼 이 고난을 예비하신 분도 예수님이십니까?

예수님 : 예비한 적 없구나. 각자 저마다의 삶의 통과의례가 있기 마

련인데 너는 너 생긴 대로 통과의례를 치루고 있을 뿐이다.

이노 : 통과의례라뇨? 그럼 잘 통과하는 요령은 뭡니까?

예수님 : 순종이니라.

이노 : 순종이라뇨? 이런 부조리한 체제와 부패한 폭력조직에 순종하는 게 어찌 순종입니까? 굴종이지요!

예수님 : 그럼 너는 순종 대신 투쟁을 했다는 거냐?

이노 : 투쟁을 할 수 있다는 건 세력이 있다는 방증이지요. 저에겐 아무런 조직도 없는데 이런 막강한 세력에게 어찌 투쟁이 가능한가요? 그냥 도망치는 게 상책이지요. 저 고색창연한 중국 무예의 최고봉 삼십육계 줄행랑 말입니다.

예수님 : 그래서 네가 지금 감옥에 갇힌 것이 상책이었단 말이냐?

이노 : 그건 오영태 씨란 선량한 분에게 설복 당해서 별수 없었던 걸 예수님께서는 신이시니깐 잘 아실 텐데요.

예수님 : 오늘날 네가 겪고 있는 이 고난이야말로 변장한 하나님의 축복임을 깨닫게 되는 날이 반드시 올 것이다.

이노 : (발끈하며) 이 고난이 고통이지 변장한 하나님의 축복이라뇨? 예수님! 지금 저에게는 세치 혀의 현학을 즐길 여력이 없답니다.

예수님 : 어리석은 자여, 진정 너는 이 고난의 의미를 깨닫지 못하고 있는 것이더냐?

이노 : 고난은 말 그대로 괴롭고 어려운 거지요. 피할 수만 있다면 수단과 방법을 가리지 말고 어떻게 하던지 피해야 하는 불행이고요. 근데 의미라뇨?

예수님 : 오늘날의 치욕이 너의 나약함이 낳은 불행인 걸 여태 각성하지 못했단 말이냐?

이노 : 나약함이요?! 탈영은 아무나 하시는 줄 압니까? 그것도 무장 탈영을요? 더구나 잘못된 현실에 혼자 맞짱 떠서 항거하는 거사를 나약한 놈팡이가 흉내는커녕 감히 엄두조차 내겠느냐고요?

예수님 : 그럼 너는 영웅이더냐?

이노 : (당황하며) 영웅은 쑥스럽고요. 속담에도 있지 않습니까? 범 잡는 담비라고요. 이런 부조리한 체제에서 순종만이 능사가 아니라고 생각합니다. 한마디로 이곳에서 저의 용도는 필요악적인 말썽꾸러기 정도는 된다고 자평합니다.

예수님 : 민주화 투쟁가라도 된 듯싶구나?

이노 : 정권을 잡고자 하는 그들의 욕망이 민주화 투쟁이라는 이슈를 선점한 측면에서 보자면, 그들보다는 순수한 구석이 있지요.

예수님 : 순수까지나?

이노 : 저의 탈영은 불의에 항거한 거지. 조국을 배신한 건 아니잖아요!

예수님 : ….

이노 : 전 제 조국의 병영이 이토록 후진적인 관행과 폭력과 부패로 얼룩지고 뒤틀어지고 일그러진 집단일 줄은 꿈엔들 상상조차 못했습니다.

예수님 : 반성은 없고 비판만 있구나.

이노 : 예수님! 책망만 마시고 이 지옥에서 당장 저를 해방시켜 주십시오.

이때 누워 잠든 어머니가 벌떡 일어나며 이노야!를 거듭 외친다.

아버지가 그런 어머니를 멍하니 바라본다.

이노 : (북받치는 감정을 못 이겨 오열한다) 죄라면 저를 사랑으로 양육한 거밖에 없는 우리 부모님! 예수님 이를 어쩝니까? 제발 도와주세요! 불쌍한 어머니! 흐흑~~~ (숙였던 고개를 쳐들고 예수님을 바라보며) 예수님, 저를 이 고난에서 건져 주십시오. 그렇게 해주시면 제가 세례도 받고 개과천선해서 하나님께 영광 돌릴게요.

S#52. 콘서트

핀 조명 꺼지고 정중앙 후면 무대에 조명이 켜지자 미리 등장해 있던 이노 밴드 나타난다. 이노의 노래 '어머니'가 불려진다.

S#53. 구치소 입감 두 달 반

(달력이 8월 7일에서 10월22일)

입초소의 주변 나무에 단풍이 짙게 든 풍광이 화면을 꽉 채운다.
카메라가 이동하며 쓸쓸한 구치소 마당을 지나 안으로 들어간다.
그리고 저녁이 된다.

[CUT TO]

등화관제를 한 구치소 안은 백열등 불빛이 어둑하다.

헌병2(헌병1을 제대했다) : 니들도 내일이면 운명이 결정되는구나? 오늘 밤 좋은 꿈들 꾸길 바란다.

방장 : 근데 이번에는 공개재판이 없는 게 우리가 운이 좋은 게죠?

헌병2 : 속단 하지마라. 공개재판은 당일 형무반장이 명단 발표한다.

방장 : 왜죠?

헌병2 : 니들 동요하고 딴 마음 먹을까봐 관행적으로 그렇게 하고 있어.

방장 : 볼 거 다 봤는디…?

헌병2 : 그렇게 단정할 게 못 되는 거 같더라. 공개재판에 회부된 수감자 중에 전날 자살을 시도하고 또 탈옥도 시도한 예가 있었데….

방장 : 염병할~ 잠 설치겠네?

헌병2 : 그러게 모르는 게 약이래잖어.

방장 : 모르고 있는 걸 근무자님이 굳이 가르쳐 주었잖아요.

헌병2 : 이 인간이 또 남 탓하고 자빠졌네? 공개재판 없다고 속단한 게 누군데?

방장 : 근데요?

헌병2 : 그럼 여기가 군대지? 사회냐?

방장 : 법정재판에서 1년 받을 거 공개재판에서는 곱빼기로 2년 때린다는데 이게 온당한 건감요?

헌병2 : 밥통님. 시방 우물가에 와서 숭늉 찾으시남요? 소인이 생각키는 사람 쐬죽이라고 총 쥐어 주고 훈련시키는 군대 자체가 진즉에 온당 하고는 담벼락 쌓은 거 같은데요?

방장 : 이느므 나라는 도대체 인권이라고는 눈 뜨고 찾아보려야 볼 수가 없으니

헌병2 : 그러게 자네보고 누가 빵 들어오랬냐구요?

방장 : (이마를 치며) 그런 말은 죽은 놈 부랄 잡기지요.

헌병2 : 소인이 입 다물게요.

[CUT TO]

수감자들이 잠든 모습을 카메라가 각 방마다 돌아가며 앵글에 담는다.

한 근무자가 철장에 기댄 채 꾸벅꾸벅 졸다가 머리에 쓰고 있던 하이바(헌병이 쓰는 헬멧)를 세면 바닥에 떨어뜨리고 제 풀에 놀라 깜짝 잠이 깬다.

근무자 : (버럭하며) 이게 말이데? 죄짓고 빵에 들어온 인간 말종들은 두 다리 쭉 펴고 퍼질러 자고… 충성스러운 이 애국 솔저는 죄수들의 곤한 잠을 지켜주는 딱까리 보초가 된 게 말야? 일어나 이 새끼들아~~~!

잠든 수감자들이 그 횡포에 죄나 부스스 눈을 부비며 일어난다.

근무자 : 좆같아서 못해 먹겠네. 어쭈바리~ 동작들을 보지요. 복더위 할배들 불알 마냥 축축 늘어졌네요. 당장 대갈통 박어!

이노 : 좆같아서 못해 먹겠음 니놈도 죄짓고 이리 들어와 자면 될 거 아냐.

근무자 : 뭐야!

이노 : 마이가리(진짜는 이병인데 일병으로 먼저 땡겨 계급장을 다는 관행) 일병 주제에 벌써부터 심통을 요따우로 고약하게 부려 쌌는 게 미친 개를 능가하고도 남을 싹수가 보이는구나.

근무자 : (화등잔만하게 눈을 뜨며) 어느 새끼야! 어디냐구!

이노 : 저 새낀 귀도 포경이네 어딘 어디야 소리 나는 이 구석이지?

근무자 : 너 이 새끼 죽었어!

이노 : 그래 오매불망 바라던 바다. 죽여다오 이 빙다리 새꺄!

쳐 죽일 기세로 이노가 있는 철장 앞으로 가 선다.

근무자 : 너 이 앞으로 나와.

이노 : 목마른 놈이 웅덩이를 파는 거라고 니놈이 들어오시게.

근무자 : 저 개새끼가.

이노 : (벌떡 일어나며) 뭬야! 머리에 피도 안 마른 피라미 새끼가 천상천하에 유아독존 하시는 우리 아버지 하나님을 개라 하네. 이 코랑 말코랑 못난 새꺄!

근무자 : (이노의 기세에 자지러지며) 저게 미쳤나 봐!

이노 : 그래 미쳤다. 울고 싶은데 너 아주 제때에 맞춰 뺨 갈겨주었다. 이 엉아가 내일 재판이시라 눈을 감고 계셔도 눈을 감고 계신 게 아닌데 어디 한번 시원하게 맞짱 붙어보자고, 너같은 악질의 싹은 초장부터 짓밟아 놔야지. 그냥 놔두었다가는 내 후임으로 들어오는 수감자들 쥐 잡듯 잡고도 남을 놈이다.

근무자가 이노의 서슬 퍼런 기세에 기가 죽어 눈만 끔벅끔벅 하고 있다.

이노 : 이 새꺄! 지렁이도 밟으면 꿈틀댄다고 아무리 빵에 갇힌 막장 인생들이지만, 이 세상에 빽 없는 사람이 어딧데? 범 잡는 담비 못 들어봤냐? 이 엉아가 내일 형을 받고 이감을 가던지 여기

서 몇 달 더 주질러 앉아 콩밥을 먹던지 아무튼 니 녀석의 악행을 낱낱이 소원수리에 담아 제출할거다. 이 머리에 피도 안 마른 얼치기 새끼야!

근무자 : (갑자기 담배를 꺼내 불을 붙인다 그리고 이노에게 건넨다) 성님 담배 한 대 피우소.

이노 : (급반전에 잠시 머뭇거리다) 아우님이 정중하게 권하는데 사양도 예의가 아니지. (벌떡 일어나 철창 앞으로 가서 근무자가 내민 담배를 받아 한 모금 빨아 뱉고는 휘청한다)

근무자 : 엉아도 알다시피 내가 쪼깐 꼴통끼가 있잖소.

이노 : 솔직하자면, 쪼깐이 아니고 중증이네요.

근무자 : 아따메 그렇다 할게요. 근데요? 이 세상에 허물없는 인간이 어디 있갑디요?(영창 안을 향해) 수감자 여러분! 제가 내일 재판 있는 걸 깜박하고 결례를 했수다. 어서들 편히 주무시오. 제가 여러분의 안전을 지키는 딸랑딸랑 충성스러운 불침번이 돼준께 시름없이 잠드시오. 미안혀여~~~

[CUT TO]

내가 미쳤던 거야
제 정신이 아니었어~~~ 어
애꿎은 내 부모님 가슴에 못을 박아놓고
천 길 낭떠러지 벼랑에 선

내 영혼이 흐느껴 우네
내 운명이 구슬피 우네

이노가 철창 안에서 우두커니 앉아 이노의 노래 '내가 미쳤던 거야' 도입부를 반주 없이 부르면서 콘서트 현장과 오버랩 된다.

#54. 다음날 아침 - 화장실

하나! 둘! 셋! 구령 소리가 난다. 카메라가 콘센트 막사를 개조한 유치장의 좁은 복도를 따라 소리 나는 쪽으로 이동한다.

저 끝 편. 재래식 화장실 밖에 수감자들이 일렬로 줄지어 서 있는 게 보인다. 안에서 응가 보는 재소자가 하나! 둘! 셋! 넷 하며 숫자를 복창하는 소리가 점차 크게 들려오며 페이드인 된다.

서른! 외침과 동시에 화장실 쪽문이 벌컥 열리며 바지춤을 채 여미지 못한 어정쩡한 상태로 수감자가 튀어나오고 바로 문 앞에 서 있던 수감자가 잽싸게 들어가서 또 하나! 둘! 번호를 센다.

그런데 서른! 하고도 수감자가 나오지 않자 밖에 서 있던 헌병이 군화발로 문을 차며 으르렁거린다.

헌병 : 씹쌔야! 여기가 니네 집 똥뚜깐인 줄 알어!

늦게 나온 그 재소자에게 헌병이 쪼인타를 까고 귀싸대기를 갈긴다.

[CUT TO]

철창 안에서 아침 잔밥(군대밥)을 무지막지 급하게 먹는 재소자들의 모습이 보인다. 방금 모습을 드러낸 형무반장이 복도에 선 채 입을 연다.

미친개 : 인간쓰레기들은 밥 처먹으면서 잘 듣는다. 호명해도 관등성명 않고 제자리에 앉아 듣기만 한다. 오늘 공개재판이 있다.

공개재판이 있다는 말에 밥 먹던 재소자들이 일제히 동작을 멈춘다.

미친개 : 공개재판에 회부된 재수 옴 붙은 인간 말종들은 오늘 재판받는 열 명 중에 겨우 세 명이다. 아마도 형무반장을 잘 만난 복인 줄 안다. 그 세 명을 호명한다. 양일순, 이노, 이병도 나머지는 법정재판 받는다. 이상!

형무반장의 말이 끝나기가 무섭게 일제히 급하게 밥 먹기를 시작하는데 밥숟가락을 놓는 세 사람의 모습이 포착된다.

S#55. 세 명의 피의자

구치소의 문이 열리면서 수갑을 찬 세 명의 피의자들이 포승줄에 허리를 묶인 채 나란히 걸음으로 호송 차량에 오르고 있다.

S#56. 그 시각

인파로 북적이는 복잡한 시외버스 터미널.
초로의 남자와 젊은 여자가 버스에 오른다.
차창 옆으로 여자가 먼저 앉는다.

S#57. 다시 호송 차량 안

형무반장이 세 명의 피의자들이 좌석에 착석하자 선 채로 그들을 향해 훈수 두듯 일러준다.

미친개 : 울어라! 살려달라고 떼굴떼굴 굴러라. 공개재판에는 집행유예는 없다. 니들같은 하빠리 인생들에겐 염치고 체면이랑 돼지발톱에 매니큐어, 개새끼 모가지에 진주 목걸이다. 그저 비굴하게 살려달라고 애걸복걸하는 게 장땡이다.

잠시 말을 끊고 호흡을 가다듬는다.

미친개 : 갓 연수원을 수료하고 임관한 풋내기 검찰관이 법이 허용하는 한 최고의 형량을 너희들한테 때릴 테고, 무지막지한 형량에 기겁한 사병들이 잔뜩 시야시가 되어 찬물 끼얹은 듯 잠잠해진 공개재판 연병장에서 니들이 울고불고 사정하는 꼬락서니가 버무려지면 그야말로 금상첨화! 범죄 예방 퍼포먼스로 이보다 짠한 게 있을까?

이때 이노가 고개를 숙인다.

이노 : (독백) 예수여, 저 갖고 시방 장난 치시자는 겁니까? 제가 '무궁화 꽃을 피웠습니다'로 성경을 찜한 이후 오로지 당신만을 향해 전심전력으로 매달려 살려달라고 부르짖은 결과가 공개재판 회부라뇨? 부처님으로 체인징 파트너 할 시간이 없어 더 이상 왈가왈부하지 않겠습니다. 이번 재판에서 딱 일 년만 받게 조치해 주십시오. 일 년 안짝으로 형을 받으면 남은 군생활 죄

다 해야 하니깐 안 됩니다. 그리고 일 년 넘는 형 받으면 제가 지은 죄에 비해 넘 억울합니다. 요번에도 어깃장 내시면 현장에서 헌병의 소총을 탈취해 죄다 쏴 죽이고 자폭하겠시다.

눈을 뜬 이노가 다시 급하게 눈 감고 기도한다.

이노 : (독백) 아참 예수여! 한 가지 중요한 걸 빼 먹었네요. 우리 부친 제발 이 수치스러운 재판 현장에 참석하지 않게 조치해 주십시오. 요번에 제 기도 성취시켜 주시면 답례로 세례 받을게요. 물론 님 자도 깍듯이 붙여 존칭해 드리겠소이다.

S#58. 그 시각 - 시외버스 안

초로의 남자 옆에 앉은 젊은 여사가 차창 밖으로 스쳐가는 풍경들을 보다가 회상에 잠긴다.

S#59. 1974년 - 초등학교 6학년 교실

키 크고 훌쭉한 남자 선생이 칠판에 판서를 하고 학생들이 부지런히 공책에 옮겨 쓰고 있다. 그때 정적을 깨는 크고 긴 하품 소리가 교실 안에 울려 퍼진다. 선생은 그 즉시 판서를 멈춘 채로 가만히 있다.
교실 안에 불길한 정적이 감돈다.

선생 : (불쾌한 음성으로) 언놈이야~~~(서서히 몸을 돌려 학생들을 향한다)

저요! 손을 번쩍 들고 자수하는 맹랑한 꼬마의 즉각적이고도 서슴없는 나섬에 선생이 애써 조성한 공포 분위기가 일거에 박살이 난다.

선생 : (목소리의 임자를 알고는 목소리를 나근하게 깐다) 앞으로 나와.

선생의 말이 떨어지자마자 촌각도 지체 않고 당장 앞으로 나가는 학생의 태도에는 확신범의 당찬 기운이 서려 있다.

선생 : (자기 앞에 선 학생을 쏘아보며) 졸려?
이노 : (당당하게) 졸립고 배고픕니다.
선생 : 난 지금 졸립냐구만 물었다.
이노 : 점심을 안 먹어서 배가 고픈데 졸립니다.
선생 : 운동장 다섯 바퀴 돌고 와.

학생이 군말 없이 교실을 나간다.

선생 : 미경이 나와서 풍금 쳐라.

선생은 교실 뒤쪽으로 가서 열린 창문으로 운동장을 감시한다.

[CUT TO]

운동장 다섯 바퀴를 다 돌고 교실로 들어온 이노.

이노 : 꼰대 어디 갔데?
은식 : 시청각실에서 국가대표 화랑과 청룡의 축구시합 보고 있더라.

태수 : 글구 보니 우리 담임 오늘 숙직이었네!
이노 : (비장한 표정이 되어 교탁 앞에 선다) 미경이 들어가.

이노의 지시에 풍금을 치던 여자애가 군말 없이 미적미적 자기 자리로 들어간다.

이노 : (교탁에 선 채 입술을 지그시 깨물고 나서) 얘들아! 우리 집에 가자.

이노의 제안에 교실 안이 술렁인다.

이노 : 오늘은 토요일이어서 다른 반들은 수업 마치고 벌써 귀가했는데 우리 꼰대는 수업도 않고 빈둥대다가 자기 숙직인데 암껏 준비 안했다고 심통부리는 거 봐라. 도대체 담임선생님 숙직이랑 우리랑 뭔 상관이래니? 자기는 몰래 점심을 챙겨 먹었는지 몰라도 우리들은 도시락도 안 싸와서 배 졸졸 곯며 이게 뭔 청승이래…?

남자 아이들이 이노의 선동에 옳소!를 합창하며 함성을 지른다.
또 용주가 손들고 일어나서 발언권을 얻고 이노의 제안에 강력 동참 발언을 한다.

용주 : 반장이 앞장서면 우리도 따르겠다.

용주의 제창에 남자 아이들이 그러자고 합창하니 교실 안은 통제 불가능한 소란에 휩싸였다.
이노가 결연히 용주의 제안에 응답했다.

이노 : 좋다. 내가 먼저 나가서 교문 앞에서 기다릴게. 10분이다. 그 때까지 안 나오면 배반한 걸로 알고 나 혼자 집에 가겠다.

자기 자리에 들어와 책가방을 싸갖고 교실 문을 나서려는 찰나, 반장! 하는 소녀의 다급한 외침에 움찔하는 이노의 모습이 보인다. 반 아이들도 소리 난 쪽으로 시선을 돌린다. 놀랍게도 평소 수줍음을 많이 타서 나서지를 않는 연두였다. 이노의 눈이 그 여자 아이와 마주쳤다.

연두 : 반장 이리 와 볼래?

이노가 무엇에 홀린 듯 스르르 그 소녀 앞에 가 선다.

연두 : (애원의 눈빛이 되어 이노의 손을 부여잡고) 선생님이 잘못하셔도 학생인 우리가 이러면 안돼~~~~

이노 : (잠시 망설이다가 그 손을 뿌리치며) 싸나이 칼집에서 칼을 뽑았으면 무라도 자르는 거랬다.

연두의 만류를 뿌리치고 교실 문을 벌컥 열어젖힌다.
그리고 뒤돌아서서 남자 급우들을 향해 빨랑 나와! 외치고 문을 쾅 닫는다.

S#60. 교문 앞

이노가 방금 교문 앞 수위실 바깥벽에 걸린 시계를 보며 10분이 경과했음을 확인하곤 지체없이 교문을 나선다.

S#61. 10분 전 복도

가방을 든 채로 교실 문을 열고 우르르 복도로 몰려나오던 남자애들이 계단을 올라오는 선생과 맞닥뜨린다.

S#62. 다시 교실 안

남자애들이 선생의 감시 아래 책상에 무릎 꿇고 두 손을 번쩍 든 채 벌 서고 있다.

선생 : 월요일 등교는 한 시간 땡긴다. 이노가 그 시간에 맞추어 등교하면 니들 중에 전화를 걸어준 배신자가 있는 걸로 간주하고 단체기합을 줄 것이다.

[CUT TO]

월요일 아침. 교탁 앞으로 나와 선생에게 매 맞는 이노의 모습이 보이고 카메라가 고개 숙인 급우들을 일일이 훑고 지나간다.

S#63. 해후

중학생 교복을 입은 이노와 연두가 길거리에서 마주친다.

이노 : (반색을 하며) 연두!

연두 : 어머!

이노 : 꽃이 폈네. 꽃이 폈어!

두 소년 소녀가 반색하며 마냥 신이 나서 어쩔 줄 모른다.

S#64. 데이트

풋풋한 십대의 소년 소녀가 공원길을 걸으며 데이트한다.

S#65. 술래잡기

연두가 돌기둥 뒤로 숨는다.

연두 : 나 찾아봐라.

이노 : 안 보이네.

연두 : 나는 투명인간. 너 옆에 있~~다

이노 : 안보이네 (뒤로 돌아 연두의 등 뒤에서 연두를 확 껴안는다.)

두 사람 포개어 엎어진다.

연두 까르르 웃으며 이노의 가슴을 마구 두드린다.

S#66.

햇살이 눈부신 이노의 방에서 이노가 기타를 치고 연두가 은희의 '오솔길'을 부른다. 노래 끝나고 이노가 그윽한 눈길로 연두를 바라본다.

연두 : 너 왜 그래?

이노 : 좋아서

연두 : 뭐가 좋은데?

이노 : 니가.

연두 : (얼굴이 발개지며) 너 사람 무안케 하는데 소질 있다.

이노 : 네가 물어서 대답한 거뿐인데….

연두 : 그케 내가 좋아?

이노 : (고개를 끄덕이며) 응.

그리고 이노의 노래 '소녀' 를 기타 치며 부른다.

S#67. 콘서트

이노 밴드 공연장에서 '소녀' 를 부른다.

S#68. (S#66로 화면 돌아온다)

이노 : (연두 앞에 한쪽 무릎을 꿇으며 기사도 인사로 포즈를 취한다) 그대에게 헌정하는 이노의 노래 '소녀' 입니다.

연두 : (감격에 겨워 두 손으로 입을 가리며) 나 울컥 했어!

S#69. 낙엽 진 공원

연두 : 나 이사 가.

이노 : 뭐! 여태 얘기 없었잖아?

연두 : 그래서 지금 하잖아.

이노 : 어디로?

연두 : 일본.

이노 : (깜짝 놀라며) 그건 이민이잖아? 일본으로 왜 가는데?

연두 : 우리 아빠가 한국이 싫데.

이노 : 그럼 니네 아빠 혼자 가시라고 해.

연두 : 엄마도 아빠 따라 가신데.

이노 : 그럼 난~~~?!

연두 : 그게 내가 좋아?

이노 : 그럼 너는?

연두 : 내가 먼저 물었다?

이노 : 난 너 없음 못 살아.

S#70. 공항 대합실

이노와 연두가 마주 서 있다.

이노 : (눈물을 글썽이며) 가지 마.

연두 : 나도 가기 싫어.

이노 : 나 너한테 장가갈래.

연두 : 지금 프러포즈 한 거야?

이노 : (고개를 끄덕인다)

연두 : 승낙할게.

이노 : 농담 아냐.

연두 : 나도

이노 : (새끼손가락을 내밀며) 변하면 죽는 거다.

연두 : (이노가 내민 손가락에 자기 손가락을 걸며) 난 못 변해.

저만치서 연두 엄마가 손짓하여 부른다.

S#71. 이노의 나레이션

콘서트 무대에서 핀 조명을 받으며 이노가 직접 나레이션 한다.

이노 : 1983년 어느 날 밤. 나는 무장 탈영을 했다. 지금에 돌이켜봐도 그날의 나의 행동은 불가사의한 일이었지만, 분명한 건 그날이 바로 내 인생의 터닝 포인트가 되었단 사실이다. 하늘의 도우심이었을까?

생면부지의 귀인을 만나 설복당한 나는 탈영 나흘 만에 자수하기에 이르렀다. 군단 구치소에 수감된 나는 쓰레기차를 피하려다 똥차와 마주쳤다는 우스개 마냥 군대와는 비교할 수 없는 가혹한 압제와 폭력에 시달린 끝에 공개 재판에 회부되었다. 사고 많은 군부대 연병장에 사병들을 집결시켜 놓고 일벌백계의 본으로 삼고자 마련된 공개재판. 그 시범케이스로 차출된 불운도 통탄할 터에 그 오욕의 현장에 부친까지 출현한다면 설상가상 그 욕됨은 두고두고 천추의 한이 될 터였다.

나레이션이 끝나고 무대 위에 조명이 모두 꺼진다.

S#72. 구형

암전상태에서 구형하는 군 검찰관, 최후진술을 명령하는 재판관의 육성이 들린다.

군검찰관 : 피고 이노 일병에게 징역 5년을 구형한다.

이노 : (독백) 좆 까고들 자빠졌네. 씨부럴 것들! 낙후된 민국에 태어난

불운으로 말미암아 내 청춘 완전히 조지는구나!

재판장 : 피고 이노는 최후 진술하라.

S#73. 최후 진술

공개재판이 열린 부대 연병장에서 스물 한 살 이노가 최후진술을 한다.

(연병장 이노는 배우로서 공연 이노와 인물이 다르다)

이노 : 존경하는 재판장님.(잠시 호흡을 고른다) 저의 아버지께서는 저를 반역죄인이라고 규정하셨습니다. 입이 열개라도 할 말이 없는 죄인입니다.

하지만, 재판장님께서 최후진술을 명하시니 복종하겠습니다. 지금 저의 마음을 아프게 치는 것은 애끓는 부모님의 마음입니다. 자식을 잘못 둔 불운으로 말미암아 피눈물을 흘리실 부모님을 생각하면 가슴이 찢어질 듯 아픕니다. 저야말로 천하에 둘도 없는 불효자입니다.

내가 미쳤던 겁니다. 제 정신이 아니었던 겁니다.

S#74. 콘서트

도입부만 무반주로 불려줬던 이노의 노래 '내가 미쳤던 거야' (S#53.)가 콘서트 장에서 불려진다.

콘서트 무대에서 열창하는 이노의 현재의 모습과 죄수복(전투복) 차림으로 최후 진술하는 이노의 모습이 화면에 나오고 도열한 채 경청하는 1700여 명의 병사들의 표정이 진지하다.

S#75. 최후진술 - S#73로 화면 이동

이노 : 지금으로부터 사십 년 전, 중국 변방에 소재한 일본 군영에서 네 명의 조선인 청년이 일본 제국주의의 개로 죽을 수 없다며 야음을 틈타 의거 탈출했습니다. 탈출에 성공한 그들은 광복군에 가담하기 위해 그 드넓은 땅, 중국 대륙을 도보로 종단하는 대장정에 올랐습니다.

[INSERT]

칠흑 같은 밤. 담을 넘는 네 명의 청년의 모습이 실루엣 처리된다.

[INSERT]

여명이 밝아오는가 싶더니 사방이 온통 환해진다. 대륙을 걷고 있는 밝고 결의에 찬 네 청년의 모습이 보인다.

[INSERT]

허름한 광복군 청사가 보이고 사령관실 안에서 20세의 혈기 방자한 아버지가 사령관을 향해 말하는 모습이 보인다.

아버지 : 일본군도 아닌 우리 광복군이 우리 땅도 아닌 중국 땅 이곳에서 장사하는 같은 동족을 갈취하고 착취하고 있습니다.

[INSERT]

아버지가 광복군 서너 명에게 치도곤을 당하고 있다.
누군가의 입에서 이런 말이 튀어나온다.

(V.O) "일본군에서 도망 나온 서자 나부랭이가 감히 순혈 적자인 우리 광복군을 매도해? 꼴뚜기가 뛰니깐 망둥이도 덩달아 뛰겠다. 이 분수도 모르고 날뛰는 얼치기 새끼야!"

말끝에 강한 주먹질이 아버지의 복부를 강타한다.

[INSERT]

옥에 갇힌 아버지를 누군가 와서 옥문을 열어 탈출시킨다.

(V.O) 우리 같은 일본군 징병들에겐 광복군이나 일본군이나 다를 게 없어. 정의감은 가상하나 독고다이(독불장군)로 험악한 세상과 맞장 붙으면 자네만 곯아. 모난 돌이 정 맞는 격이지. 광복군이 여기만 있는 것도 아니고 빨리 여기를 빠져 나가자고.

야음을 틈 타 일본 군영을 탈출하던 네 명의 애국 청년의 실루엣이 오버랩.

S#76. 최후 진술 - S#75으로 돌아가

이노 : 그 영광되고 자랑스러운 네 명의 애국 청년 중에 한 분이 바로 저의 아버지이십니다. 그러나 통탄스럽게도 그 자랑스러운 분이 오늘 천 칠백여 명의 병사들이 도열한 저 뒤편 어디선가에서 아들의 굴욕을 목격하고 계십니다. 아버지의 참담한 심정 오죽하시겠습니까? 저에겐 오늘이 천추의 한이 될 게 분명합니다.

원망스럽습니다. 죄를 지었으면 벌을 받으면 그만이지 창경원 원숭이도 아니고….

제 조국의 야만성에 경악하고 후진된 관행에 절망하고 맙니다.

이노가 감정에 북받쳐 오열한다.

도열한 병사들이 훌쩍이는 모습이 곳곳에서 포착된다.

S#77. 콘서트

무대에서 이노가 아버지 노래를 부른다. S#51의 간구하는 아버지 모습이 뮤직비디오로 재현된다.

S#78. 최후진술 - S#76로 화면 이동

이노 : 아버지께서는 사나이 대장부는 어떠한 상황에서도 징징당당하게 살아야 한다고 당부하셨습니다. 그런 가르침을 받으며 성장했으면서도 정작 압제와 폭력에 맞서 정정당당은커녕 도망을 택한 비겁자가 되어 오늘과 같은 수모와 망신을 초래했다고 반성합니다.

저는 자대에 전입한 지 보름도 안 된 신병이었습니다.

아무쪼록 죄는 미워하시되 어리석은 죄인을 불쌍히 여기사 선처해 주시기를 간청합니다.

그것이 아니 된다면 북파공작원으로 차출하시어 죽음으로 명예를 회복하게 기회를 주시기 바랍니다.

끝으로 이 자리를 빌려 아버지께 용서를 구합니다.

(V.O) 어려움에 처해

담대해지는 남자
우리는 그를 사나이라 부른다.
사나이~ 사는 법~~~.
깡!~다!~구!!!~~~.

이노의 노래 깡다구 도입부가 불리며 콘서트 장으로 화면 바뀐다.

S#79. 콘서트

열광의 도가니로 화한 콘서트 장의 열기를 화면에 담고는 곧 장면 전환.

S#80. 판결

공개재판이 열린 연병장.
연단 위에 간이로 차려진 법대에 앉아있는 근엄한 표정의 재판관 모습이 클로즈업 된다.

재판장 : 피고 이노에게 일 계급 강등과 징역 1년 6개월에 2년의 집행 유예를 선고한다.
탕!탕!탕!

이노가 불끈 쥔 두 주먹을 하늘을 향해 번쩍 치켜들며 환호하는 모습이 클로즈업 된다. 연병장의 병사들도 제 일 마냥 환호작약하며 이노 주변으로 몰려와 에워싼다. 동전과 지폐를 가리지 않고 이노의 주머니에 쑤셔 넣어 주는 등 이노가 순식간에 스타 탄생을 한 분위기다.

병장1 : (담배에 불을 붙여 한 모금 피우고) 야야~ 어여 담배 한 모금 빨거라.(손수 불붙인 담배를 이노에게 건넨다) 이노 일병아, 내가 네 최후진술에 3년 묵은 쳇증이 단번에 증발해 버렸데이~ 내도 니처럼 깡다구 있었음 빙신처럼 드럽고 치사한 꼬붕 노릇 당장 차뿌리고 이병 때 줄행랑쳤을 기다. 암튼 추카한데이~ 남들 못해 본 용트림 화끈하게 쳐봤은께 이제 남은 군대 생활 잘 하라꼬마.

헌병들이 몰려든 군인들을 뜯어내기에 안간힘을 쓴다.

병장2 : (형무반장 앞에 고개를 주억거리며) 헛품들 팔지 마소. 제 아무리 나는 새도 떨어뜨린다는 천하제일의 권세도 지금 이 병사들 기세를 꺾지는 못할 겁니다.

형무반장이 헌병들에게 고갯짓으로 원위치를 지시한다.

S#81. 지각

이노의 부친과 연두가 재판에 늦어 다급하게 걸어오는 모습이 보인다.

급기야 연두가 아버지를 앞질러 뛰어 올라간다. 재판이 끝나고 내려오는 병사들 편에서 장교를 붙잡고 연두가 대화한다.

곧 연두가 뒤돌아서서 이노 부친을 보고 두 손을 치켜들고 환호한다.

연두 : (이노 부친 앞으로 와서) 아버지 이노가 살았어요! 이노가 집행유예

를 받고 석방되었데요.

장교 : 기적이 일어났습니다. 공개재판 사상 첫 집행유예가 선고된 걸로 알고 있습니다. 최후진술에서 이노 일병이 재판장과 도열한 병사들 모두를 울렸습니다. 실로 오랜만에 맛보는 감동에 저도 울컥했습니다. 축하드립니다.

아버지 : (두 손을 모아 쥔 채로 하늘을 향해) 감사하옵니다. 감사하옵니다.

S#82. 군단 구치소

형무반장 책상 앞 의자에 이노가 앉아 있고 형무반장이 책상에 엉덩이를 걸치고 앉아 있다.

형무반장 : (이노에게 담배를 건넨다) 한 대 펴.

이노 : 이래도 되는가요?

형무반장 : 석방을 명받았는데 어때? (라이터를 켜서 이노 담배에 불을 붙여 준다)

이노 : (담배를 피워 물며) 고맙습니다.

형무반장 : 좌우간 고생 많았어. 형무소 군기 잡으려니 본의 아니게 내가 의욕이 과했던 부분이 있네. 여기서 있었던 일 지금부터 다 잊는 거다.

이노 : 그래야지요.

그때에 딸랑 딸랑 신호음이 울리고 CID반장님께서 들어오신다는 헌병의 전갈이 들린다.

S#83. 덕담

CID반장 : (이노에게 악수를 청하며) 축하하네.

이노 : 감사합니다. 아버지는요?

CID반장 : 좀 전에 나랑 식사 함께 하시고 헤어지셨네.

이노 : 재판을 보셨군요?

CID반장 : 버스가 연착을 해서 늦으셨대.

이노 : 할렐루야!

CID반장 : 참 아버님께서 연두가 왔다고 하면 자네가 까무러칠 거라고 하시데?

이노 : 연두여!?

CID반장 : 이 사람 진짜루 까무러치는 줄 알았네.

이노 : 정말이십니까?

CID반장 : 그럼 내가 자네 애인 이름을 어캐 알겠누? 상당한 미인이던데. 어찌됐든 하늘이 도와서 공개재판에서 석방을 선고받았으니 이런 행운이 어디 있겠는가?

이노 : 저도 믿기지가 않습니다.

CID반장 : 암튼 내게는 자네가 기억조차 하기 싫은 이 영창에서의 추억이 자네의 인생에 큰 자산이 될 거라는 막연한 믿음이 있네.

이노 : ????

CID반장 : 수사관에게는 과학적인 수사기법을 능가하는 육감이라는 게 있다질 않는가? 내리막길이 있으면 오르막길이 있는 법. 앞으로 승승장구하기를 응원함세

이노 : (감격에 겨워) 감사합니다.

S#84. 회억

CID반장과 형무반장이 사라진 뒤 혼자 남아 담배를 피워 문 이노가 회상에 잠긴다.

[INSERT] - 연두를 찾아서

고등학교 교복 차림의 이노가 일본 공항 대합실을 나오고 있다.
마중 나온 남자랑 포옹한 후 승용차를 타고 이동 한다.

[INSERT] - 탐문

주소가 적힌 국제용 편지 봉투를 들고 주택가를 두리번거리던 남자가 뒤에 오는 이노를 손으로 부른다.

남자 : 주소대로라면 이 집이다.
이노 : 삼촌 고마워요.

남자가 초인종을 누르고 여자가 나온다.
일본어로 두 사람이 대화를 나누는 걸 이노가 본다.
두 사람 인사를 나누고 여자가 문 닫고 안으로 사라진다.

삼촌 : 저 주인 여자 말로는 자기네는 육 개월 전에 이사를 왔데. 전 주인에 대해서는 아는 게 없다는데… 동사무소에 가서 물어보자고.

[INSERT] - 허탕

동사무소에서 나온 삼촌과 이노.
삼촌이 이노의 등을 어루며 위로한다.

[INSERT] - 해변

비치파라솔 아래에서 이노와 삼촌이 술을 마시는 모습이 먼발치의 앵글에 잡힌다. 흐트러진 교복 매무새의 이노가 일어나서 해변을 비틀거리며 걷는다.

바다를 향해 선 이노.

이노 : (창공을 향해) 연두야~! 땅으로 꺼진 거니 하늘로 솟은 거니!!!

이때에 창공에서 신대철 곡 '멀어져간 사람'을 이노 밴드가 연주한다.

초등학교 때 이노에게 애원하며 만류하는 연두의 모습, 중학교 때 길거리에서의 해후, 공원에서의 데이트, 이노 방에서 기타 치며 노래 부르던 일, 일본으로 이사 간다고 통보하던 일, 공항에서의 이별 등 연두와의 추억이 뮤직 비디오가 되어 펼쳐진다.

S#85. 석방 그리고 만남

저녁 7시. 석방되어 나오는 이노를 연두가 맞이한다.
감격에 겨운 이노. 연두를 끌어안은 채 엉엉 운다.
이때에 이노의 노래 'Just Do It' 이 경음악으로 흘러나온다.

S#86. 정이파지

아버지, 연두, 이노가 한식당 온돌방 앉은뱅이 식탁에 앉아 있다.
불판에는 갈비가 구어지고 있다.

이노가 방금 아버지께 소주 한 잔을 부어 드리고 있다.
아버지는 그 술을 마시고 그 잔에 소주를 채워 이노에게 건넨다.
이노가 고개를 돌려 그 소주를 들이킨다.

아버지가 이노에게 쪽지를 전한다. 거기에는 한문으로 정이파지(鼎而波之)라고 적혀 있는 게 화면에 클로즈업 된다.

아버지 : (V.O) 옛날에 한 선비가 무쇠솥을 사러 장날에 시장을 갔다.

[INSERT]

조선시대 어느 장터.
도데기(도떼기) 시장 같은 장날의 풍경.
갓 쓴 선비가 무쇠솥 점포에서 무쇠솥을 구입한다.

[INSERT]

산길로 접어든 선비의 등짝에는 무쇠솥이 보인다. 그때에 부명천이 툭 끊기며 무쇠솥이 땅바닥에 떨어져 박살이 난다.

하지만 그에 아랑곳없이 선비는 그냥 걸어간다.

뒤에서 걸어오는 상것 복색의 세 사람이 냉큼 달음박질을 해서 선비 앞에 선다.

행인1 : 무쇠솥이 떨어져 박살이 난 걸 모르시오?

선비 : (그들을 그윽한 눈길로 바라보다) 정이파지.

행인2 : 복색은 남루하지만 꼴에 양반님네라고 알아듣지 못할 말을 하시네요?

행인3 : 뭔 말이래요?

선비 : 이왕에 깨진 솥이라 말일세.

행인 셋 : ?!?!?

선비 : 엎질러진 물이란 말일세. 이왕에 깨진 솥을 도로 붙일 재간이 내게 없거니와 그렇다고 군자도 못 되는 내가 뒤돌아본들 부아만 날 게 아니겠는가?

행인 셋 : !?!?!?

아버지 : (V.O) 아들아, 이왕에 깨진 무쇠솥이다. 깻박쳐서 되담을 수 없게 된 물이란 말이다. 고로, 지난 일에 연연해말고 다시 시작해 보자꾸나.

S#87. 콘서트

화면 바뀌며 콘서트 장.

이노 등장해 관객을 향해 사자후 한다.

"인생은 태어났다는 그 사실 자체만으로도 삶의 이유가 되는 게 아닌지요? 부르겠습니다. 이노의 노래 'Just Do It!'

S#88. 안기부 차장

차장실로 한 요원이 서류를 든 채 문 열고 들어온다.

요원이 사무실로 들어오자 앉아 있던 차장이 일어나 반갑게 맞이

한다.

차장 : (한 손을 내밀며) 반가우이~.

요원 : (악수를 하며) 차장님으로 영전하셔서 돌아오신 걸 환영합니다.

차장 : 채진만이 자네랑 함께 일하고 싶어 자원했지요.

요원 : 농담이라도 듣기가 좋습니다.

차장 : 농담만이 아닌데… 자, 앉자고.

차장 : 김연분이가 확실하게 북에서 내려온 간첩 맞지?

앉기가 무섭게 바로 업무로 들어가는 차장의 민활함이 돋보인다.

요원 : 네. 연두 양 말대로 완벽하게 일치합니다. 그것도 북한 노동당 서열 51위입니다.

차장 : 역대 남파 간첩 중 최고위급이군.

요원 : 네. 정말 놀라운 게 그런 할망구가 무슨 기력으로 대남 간첩 활동을 일이 년도 아니고 수십 년을 꼬투리도 안 잡히고 왕성하게 암약해 왔는지… 적이지만, 존경스럽습니다.

차장 : 한마디로 타고난 재능인 거지. 스파이로 타고났다고 밖엔 설명이 안되는 경우야. 그런 거물을 연두의 활약으로 놓쳐줘야 저쪽 보위부에서 연두를 의심하지 않고 믿게 될 테고….

요원 : 밑밥으로 저런 최고위급을 깔았으니 웬간한 건수 몇십 건을 건진데도 본전치기가 힘들 텐데 부장님이 밀어붙이시네요?

차장 : 아마도 이 밑밥이 훗날 대남 간첩단을 일망타진하는데 착수금이 될 거라는 확고부동한 믿음을 가지신 모양일세. 그러니깐

이 사람아 초 치는 소리랑 말게. 부장님께서 직을 걸고 결단하신 거 몰라서 하는 소리야?

요원 : 존경스러워서 하는 소리지요. 남들은 안기부장 자리에 못 와서 난리인데 말이죠.

차장 : 안보 열정에 관한한 타의 추종을 불허하시는 진정한 애국자 아니신가? 자네나 나나 귀감 삼아 본받아야 할 분일세. 참! 연두 부친은 사망했다지?

요원 : 네. 반체제 대부 김태준이는 북으로 간 지 이 년이 채 안되어 당뇨 합병증으로 사망했답니다. 어머니와 남동생이 북에 있데네요.

차장 : (입맛을 다시며) 그 선배가 가족들에게 못쓸 짓을 하고 말았네.

요원 : 일본 이민 후에 종적이 묘연해졌는데 우리 예상대로 북으로 갔던 겁니다. 근데 선배라뇨?

차장 : 내 대학교 1년 선배시네. 색깔만 빼면 나무랄 데 없는 인재였는데… 독약 캡슐 먹고 자살한 그 노인과는 어떤 관계랬지?

요원 : 중국에서 합류한 고정 간첩이랍니다.

차장 : 맡은 임무는?

요원 : 중국에서 2주간 스파이 훈련을 받고 북한으로 귀국하는 길이었고요. 그 후에는 일본으로 잠입해서 신분 세탁하고 할아버지와 손녀로 위장해 한국으로 들어와 고정 간첩으로 활동하는 겁니다.

차장 : 저네들의 상투적 수법은 세월이 가도 여전하군?

요원 : 그러게 말입니다. 상투 사라진 지가 백년이 넘었는데… 근데 연두 양이 급히 찾는 남자가 있습니다.

차장 : 남자?

요원 : 네. 애인이랍니다.

차장 : 애인? 이제 귀순한 지가 오 개월이 지나니 한결 여유가 생긴 모양이군.

요원 : 초등학교 동창이라네요?

차장 : 그 쪼그맸을 때 뭘 알아서?

요원 : 제 안사람도 초등학교 동창인데요.

차장 : 그래~ 애인은 뭐하는데?

요원 : 탈영범으로 오늘 공개재판에 회부되었습니다.

차장 : 애비도 애인도 하나같이 빨간물이구먼.

요원 : 애인은 아닙니다. 그 부친이 광복군 출신이고 국가 유공자입니다.

차장 : 하여간 우리 쪽 제안을 받아들인 연두는 매우 쓸모있는 자원이니까 융숭하게 대접해주고 보안에 각별히 유의하게.

요원 : 명심하겠습니다. 참! 이거 한번 보십시오. 연두 양 가족사진입니다.

(사진을 본 차장의 동공이 확장 된다)

요원 : 왜 놀라십니까?

차장 : 그렇게 보이나?

요원 : 네.

차장 : 이건 놀람 정도가 아니고 쇼크 먹은 거네?

요원 : 네?

차장 : 차차 알게 될 걸세. 이제 나가 일 보게.

요원 : 네

요원이 나가고 의자에서 일어난 차장이 벽에 팔을 기댄 채 중얼거린다.

차장 : (독백) 선자가 태준 선배랑~ 선자가 북에 있다고~!

S#89. 청와대

TV에서는 정체가 탄로 난 고위급 간첩 김연분이 북한으로 도망을 갔다며 대공 분실의 직무유기를 성토한다.

안기부장 해임을 요구하는 야당 국회의원의 성명서 낭독을 방영한다.

대통령 : (대머리 대통령이 TV를 손가락으로 가리키며) 자네가 기자들에게 흘려준건가?

안기부장 : 네.

대통령 : (쓴웃음을 지으며) 자네는 대공 안보에는 혈안이 되어 부장직도 내어 놓으면서 썩어빠진 민주화 세력으로부터 정권을 수호하는 안보는 뒷전인 거 같으이….

안기부장 : 각하 곁에는 저 말고도 인물이 많습니다. 사직서를 받아 주십시오.

대통령 : 그 사람 고집하구는…? 평안 감사도 제가 싫다는데 어쩌누. 이왕 하는 거 개각을 단행할 때 한꺼번에 하자고.

6년 후

S#90. 총격전

추격하는 북괴군하고 아군 특수부대 간에 총격전이다.

그 와중에 아군 특수부대원들이 민간이 한 명을 인도해 전진하고 있다.

그때 바다 속에서 어뢰가 발사되어 추격하는 북괴군 무리 중에 폭발하고 상륙해서 대기중이던 U튜브 요원들의 압도적인 화력 지원에 괴멸된다. 그 특수부대원 중에 이노의 모습이 선명하게 부각된다.

이노가 부축해온 민간인을 U튜브에 탑승시킨다.

칠흑의 바다 위로 순간 잠수함이 솟구쳐 위용을 드러낸다.

대원 : 112호가 전역 기념으로 큰 공을 세웠네.

이노가 주먹을 그 대원과 마주 부비며 씩 웃는다.

S#91. 캠프파이어

젊은 남녀들이 밤바다 모래사장 캠프파이어 주변에 모여 춤추고 있다.

그들 무리를 이노와 연두도 구경하고 있다.

S#92. 콘서트 장 무대

이노의 노래 '아름다운 밤'이 처음부터 시작된다. 무대 위에는 남녀 댄싱 팀이 음악에 맞추어 군무를 춘다.

[INSERT]

뮤직비디오. 노래 가사처럼 가든 파티장이다.

우아한 드레스 차림의 여성들 틈 중에 연두가 보이고 정장 차림의 이노가 그녀와 눈이 마주치자 불꽃이 인다.

S#93. - S#91으로

그곳에서 빠져나온 연두와 이노가 모래밭을 거닐다 서로 포옹하고 키스한다.

연두 : 전역 축하해.

이노 : 기다려 줘서 고마워.

S#94. 결혼 준비

이 부분은 화면을 세 쪽을 내어 한 화면에 전부 담는다.

이노와 연두가 웨딩홀에서 상담을 하고 있다.

고급 옷집에 들어가 옷을 골라주고 있다.

고급 레스토랑에서 마주 앉아 커피를 마시는 두 사람의 밝은 미소, 행복한 웃음이 끊이지 않는다.

S#95. 뉴스 속보

앵커 : 뉴스 속보입니다. 대규모 자생적 고정 간첩단이 일망타진 되었습니다. 또 이 간첩단의 우두머리인 왕거산은 북한으로 밀북해서 최고위 지도자를 직접 면담하고 지령과 공작금을 수령해왔다는 점에

서 지금까지 검거된 여타 간첩단과는 차별됩니다.

S#96. 북한 국가안전보위부

부장 : 연두 동무가 이중간첩이라는 심증을 입증할 방법이라니?

부하1 : 현상을 암살하라고 지령을 내리는 겁네다.

부장 : 으~음

부하2 : 부장 동지 그 방법이 절묘합네다. 남반부 안기부 간나 새끼들이 현상의 암살을 절대 방임하지 못할 겁네다. 지도자 동지의 인척인 현상이 암살되면 자기들의 탈북 선전 선동에 치명적인 타격을 입게 되니까니….

부하1 : 또 연두 동무가 그 지령을 무시하면 이중간첩이라는 사실을 스스로 인정하는 것이고, 그 지령을 수행하면 우리에게 남반부 혁명 동지가 건재하다는 사실을 입증하는 거니까니 밑질게 없는 장사라고 생각합네다.

부장 : 그 에미나이와 동생은 이곳에 있지비?

부하2 : 잘 보살피고 있습네다.

부장 : 병사한 연두 아바이도 우리 공화국의 충성스러운 공훈자지만, 선자의 부친은 비전향장기수로 지금껏 남반부 공화국의 감옥에 갇혀 옥살이를 하고 계신 위대한 투사. 민족의 영웅이신 정소신 동지니까니….

[INSERT]

부장과 정소신이 젊은 시절 열정적인 공산당원으로 의기투합하는 빛바랜 장면이 오버랩 된다.

[CUT TO]

부하1, 2 : 네.

부장 : 현상이 저 자식이 남반부로 줄행랑쳐서 쥐죽은 듯 살아만 줘도 목숨만은 부지할 텐데… 남조선 언론에 자꾸 노출이 되어 지도자 동지의 신경을 건드리니 더 이상 살려둘래도 둘 수가 없게 되었어. 이번 작전이 실패하면 우리도 자리보전이 힘들 게 되는 줄 명심해!

부하1.2 : 네

S#97. 미행

어느 집 앞.

자동차 안에 잠복해 있던 여성이 방금 집 안으로 들어가는 남자를 사진 찍는다.

연두다! 그 여성을 미행하는 남자의 모습이 보인다. 이노다!

S#98. 초등학교 동창 모임

음식점 큰 방에 이십여 명의 남녀가 술과 음식을 먹으며 시끌벅적하다.

앞에 나가 서있는 사회자가 손뼉을 치며 주목을 요청한다.

사회자 : 야들아 잠시 셔터 마우스 하고 주목! 중대 발표를 하겠습니다. 연두 양하고 이노 군은 앞으로 나와 주세요 .

사회자의 호명에 두 사람이 앞으로 나간다.

사회자 : 다름이 아니고 이 인간들이 한 이불 뒤집어쓰고 살게 됐단다.

일순, 잡담이 끊기고 곧 동창들이 일제히 환호성을 보낸다.
동창들이 돌리는 술을 연신 마시는 이노.

S#99. 노래방

남녀 동창들과 어울려 노래 부르고.

S#100. 호프집

친구들이 권하는 술에 만취한 이노를 남자 동창들이 양 어깨를 부축해 나온다. 연두가 앞장서서 걷는 모습이 보인다.

S#101. 연두의 집

연두 : (남자 동창들이 술에 떡이 된 이노를 침대에 누이는 것을 거들며) 뭔 술을 이케 먹었데?

남자 동창들 : 색시 집에서 자고 싶어 꼼수 피우는 거네요.

연두 : 피~이

여자 동창들 : 저렇게 파김치가 되어 뭘 어쩔 건데?

일동이 파안대소 한다.

S#102. 꿈 - 교신

불 꺼진 방안에서 한 여성이 컴을 켜놓은 채 교신을 하고 있다. 문이

슬그머니 열리면서 한 남자가 그것을 목격한다. 이노다. 희미하나마 그 여성의 정체가 연두인 게 확인된다.

S#103. 꿈 - 뉴스

앵커 : 북한에서 탈북한 고위급 자제인 현상 씨가 괴한으로부터 자신이 사는 아파트 복도에서 피살당했습니다. 목격자들에 의하면 간첩이야! 라는 외침이 들렸다고 합니다.

화면에 나오는 아파트는 잠복했던 연두가 현상을 사진 찍던 바로 그 장소이다.

S#104. 꿈 - 결혼식

하객들로 붐비는 결혼식장. 이노가 화장실로 들어간다.

S#105. 꿈 - 신부 화장

미용실에서 신부 화장을 끝내고 웨딩드레스 차림으로 들러리들과 결혼식장으로 이동하는 신부 연두가 보인다.

S#106. 꿈 - 안기부

요원들이 전화를 하는 등 급박하게 돌아가고 있다.

요원1 : 신혼여행지가 하와이입니다. 그곳에서 잠적할 공산이 큽니다.

요원2 : 연두의 정체를 안 이노가 단독으로 CIA와 거래를 한 거 같습니다.

차장 : 출국 정지는?

요원1 : 방금 해놓았습니다.

차장 : 요원들을 결혼식장에 배치해 놓았지?

요원2 : 네

차장 : 결혼식 끝나고 아무도 눈치 못 채게 정중하게 체포해 오게.

요원2 : 네.

요원1 : 차장님은 하객으로 참석하십니까?

차장 : 물론이지.

S#107. 꿈 - 추격전

이노가 화장실을 나오는데 사인을 주고받는 안기부 요원의 모습을 보게 된다.

슬그머니 엘리베이터에 오른 이노. 내리자마자 급히 뛴다.

저만치 앞에서 초등 동창 여자 들러리들하고 웨딩드레스 차림으로 걸어오는 연두 일행을 발견하고 몸을 기둥 뒤로 숨긴다.

연두가 그 쪽으로 오자 낚아채 달아난다.

신부 친구들 : 이노야! 뭐하는 거야!

식장 지하 주차장에 주차된 승용차를 타고 휑하니 그곳을 빠져 나간다.

1층 밖에서 지키고 있던 대공 요원들이 그들을 발견하고 날렵한 대원 한 명이 본네트 위로 몸을 날려 올라탄다.

차량에 대기하고 있던 요원들이 그 모습을 보고 바로 추격한다. 도심 한복판에서 차량 레이스가 벌어진다.

서서 대기하고 있던 요원들이 급히 차량 쪽으로 뛰어간다. 이때에 나타난 차장이 팔을 벌려 그들을 제지한다.

차장 : 연두는 지혜로운 여자다. 절대로 신랑의 요구에 응하지 않을 거고 내막을 알고 나면 신랑을 설득해 반드시 돌아올 거다. 신랑과 작별할 시간을 주자.

승용차 보닛에 올라탄 요원이 이노의 갈지자 운전에도 불구하고 잘 버티며 시야를 가리는 데 효과를 보고 있다. 어느 순간 그 요원이 아스팔트 위로 낙법을 하며 굴러 떨어지자 이노의 차가 신호 대기중인 앞차를 박고 추격하던 안기부 요원들의 차량이 급브레이크를 밟고 서고 그 거리의 차량들이 뒤죽박죽 급정거 되면서 한편에선 접촉 사고가 나고 추격이 정지된다.

동시에 차량에서 내린 안기부 요원들이 떼를 지어 이노의 차로 몰려들고 잽싸게 차에서 탈출한 이노와 연두가 그들과 맞서 싸운다. 웨딩드레스 차림의 연두가 날렵하게 발차기를 날리자 턱을 강타당한 요원이 쓰러진다. 피아간에 화려한 테크닉의 육박전이 펼쳐지는데 웨딩드레스를 입은 연두의 액션이 눈부시다. 특수살인병기 훈련을 북한에서 받은 솜씨가 군계일학이다. 이 와중에 틈이 생기자 이노가 민첩하게 차에 올라 시동을 걸고 연두를 부른다. 그들이 탄 차가 쏜살같이 거기를 벗어나는데 요원이 총기를 발사하자 그 총알이 이노의 목을 관통하고 이노의 차가 쇼윈도를 산산조각 박살을 내고 벽에 처박힌다.

운전대에 머리를 처박은 채 피를 쏟는 이노를 보고 연두가 오열한다.

S#108. 악몽

이노가 연두의 침대에서 벌떡 일어나며 꿈이 깬다.

커텐을 확 열어 제친다. 햇살이 눈부시게 쏟아져 들어온다.

숙취에 띵한 머리를 쥐어박는다. 주머니 속에서 삐삐를 꺼낸다. 확인하고 급하게 옆에 있는 전화기 자판을 두드린다. 통화가 된다. 이노의 얼굴이 굳어진다.

전화 속 목소리 : (V.O) 공항으로 가지마. 출국 정지됐어.

S#109. 납치

연두가 양옥집 현관문을 열고 나온다. 넓은 정원을 가로질러 대문을 열고 나오는 연두를 마스크에 모자를 푹 눌러쓴 사내가 제압해 차에 강제로 태우고 달아난다. 바로 CCTV가 설치된 곳이다.

S#110. 깨어난 연두

연두 : 이게 무슨 짓이야?

이노 : 넌 납치된 거야.

연두 : 왜 이러는 건데?

이노 : 북조선 국가안전보위부 지령에 의해 강제송환 되는 거라고.

연두 : ???

이노 : 결혼식을 치루고 하와이로 신혼여행을 떠나 미국으로 망명하려고 계획했는데 안기부에서 눈치를 챈 거 같아. 출국금지령이 내렸더라고….

연두 : 그럼 넌 내 정체를 알고 있었던 거야?

이노 : (고개를 끄덕인다)

연두 : 미국 망명이 실패했으니 안기부 손아귀에서는 못 벗어나겠고, 그러니깐 차선책으로~ 북한에서 날 납치해 처단할 걸로 위장해서 잠적해 살겠다는 거네?

이노 : (고개를 끄덕인다)

연두 : 이런 어설픈 쇼에 안기부나 북한의 보위부가 넘어갈 거 같아?

이노 : (버럭 하며) 그러면 나 보고 어떻게 하라고!

연두 : (그런 이노를 안쓰럽게 아무 말 없이 바라본다) 너와 내 운명인 걸 어쩌니?

둘 사이에 침묵이 흐른다.

연두 : 바람 좀 쐴게.

이노 : (승용차에서 내리는 연두의 뒤에다 대고) 난 너랑 더 이상 헤어져 살 수 없어!

연두가 염전을 거닐다 저만치에 보이는 공중전화 부스를 발견한다.

S#111. 허름한 소금창고

밖에는 이노와 연두가 타고 온 승용차가 보인다.

소금창고 안에 이노와 연두 두 사람이 서 있다.

연두 : 내 입장을 이해해 줘서 고마워. 그리고 미안해. 그동안 내 정체를 숨긴 거.

이노 : (입술에 검지를 세우며 연두 앞으로 바짝 다가선다)

이노가 말없이 연두를 살포시 품는다.

이노 : (연두의 귓가에 대고) 나에겐 네가 연두라는 사실만이 중요해.

연두 : 근데 내 정체를 알고도 어떻게 시침 뚝 떼고 모른 척 하고 있었데?

이노 : 난 너 없음 못 살아.(S#69. 중학교 때 이별의 공항에서 한 고백과 오버랩)

연두가 이노를 확 밀쳐낸다.

연두 : 이 바보야!!!

이노 : 바보면 어때. 너 없이 사느니 너랑 사는 바보가 되겠다.

연두 : 나 없이도 잘 살았잖아?

이노 : 그게 어찌 산거니?

서로가 마주 본다, 연두가 하염없이 눈물을 흘리며 스르르 주저앉는다.

연두 : 어찌하면 좋니? 북한에 있는 엄마와 동생을 버리고 나만 살 순

없잖아!!!

연두가 땅에 엎어져 오열한다. 이노가 쪼그려 앉아 그녀의 등을 어룬다. 잠시 후 연두가 이노가 내민 손수건으로 눈물을 훔치고 마음을 추슬러서 무릎 꿇어 앉는다.

연두 : 다시 한번 말하지만, 엄마와 동생을 두고 나 혼자 살겠다고 미국으로 망명할 수도 없고, 위장 납치극으로 사라질 수도 없어. 날 용서해줘.

이노 : 아냐. 내가 생각이 짧았다.

서로 망연자실 바라보다 앉은 채로 두 사람 와락 껴안는다.
그 사이 살그머니 들어온 안기부 요원들이 그 광경을 보고 가만 서 있다.

S#112. 면회

철창을 가운데 두고 연두와 이노가 대화하고 있다.

이노 : 재판은 잘 될 거야.

연두 : 나를 포기해. 난 간첩인 게 밝혀졌으니 자기 아내로 살 수도 없어.

이노 : 간첩이라니! 자기는 나라를 구한 영웅이네요.

연두 : ?!

이노 : 자기가 아니었음 대규모 정착민 간첩단이 일망타진은커녕 발

각조차 되었겠냐고… 차장님께서 말씀하시더라.

연두 : 정말?

이노 : 정상참작이 크게 될 거야.

연두 : 나의 옥살이가 북에 두고 온 엄마와 성현이를 살리는 유일한 길인 거 알지?

이노 : (말없이 고개를 끄덕인다.)

연두 : 그들도 아빠의 잘못된 선택으로 인생을 망친 피해자들이잖아. 엄마도 불쌍하고… 나이 어린 성현이는 또 무슨 잘못이래?

이노 : 더 말하지 마.

연두 : 진짜 자기한테 미안해.

이노 : 기다릴게. 언제가 되든.

S#113. 면담

이노와 차장이 차를 마시며 담소하고 있다.

차장 : 연두 양 가족 구출 작전에 자원해 주다니 자네야말로 목숨 걸고 사랑하는 진짜 사나이가 맞네.

이노 : 쑥스럽습니다. 저의 지원을 흔쾌히 승낙해 주시니 제가 도리어 차장님의 배려에 감동을 받습니다.

차장 : 나로서는 흔쾌할 수밖에 없잖은가? 자네는 현상이를 북한에서 구출해 온 베테랑 HID(북파공작원) 출신인데다가 현재는 민간인 신분이니 우리가 찾던 적격자이질 않는가?

이노 : 그렇게 인정해 주시니 어깨가 무겁습니다.

차장 : 내게 딸이 있었음 자네를 사위로 삼았을 걸세.

S#114. 안기부 부장실

바뀐 안기부장이다.

부장 : 지고지순한 청춘 남녀의 사랑이 실로 감동적이구먼. 근데….

(운을 떼고 한참을 말이 없다)

차장 : 리스크를 염려하시는 겁니까?

부장 : 우리가 하는 작전 중에 리스크 없는 게 어디 있겠소?

차장 : 그러면…?

부장 : 리스크 없이 연두 엄마와 동생을 구할 묘수풀이가 내게 있네.

차장 : 네에~ !?!?!

부장 : 차장 왜 그리 반색을 하시오?

차장 : 묘수풀이가 있다 하시니…?

부장 : 그런데 시기상조일세. 어떠한 일이든 매듭이 풀리려면 시대풍조가 따라줘야 하는데…. 머지않아 세계 사조가 그런 분위기를 조성하리라 판단하고 있네. 어쩜 우리 예상보다 훨씬 빠를 수도….

차장 : (실망한 기색이 역력하다)

부장 : 한마디로 기다리는 게 상책일 때가 종종 있는데 바로 이 경우란 말일세.

차장 : 그럼 이번 작전은 보류하신다는 뜻으로….

부장 : 서운하겠지만, 나는 결정을 그렇게 봤소.

S#115. 모의

호젓한 장소에서 두 남자의 실루엣만 보인다.

V.O (김기식) 건투를 비네. 만약 작전에 실패해도 꼭 살아 돌아오게.

S#116.

연두 가족 구출 작전에 실패한 이노가 피골이 상접한 몰골로 해안에 침투해 탈진해 쓰러진다.

S#117. 1년 후 (1990년)

낙엽이 떨어지고, 눈이 오는 등 계절 변화를 통해 세월의 흐름이 영상으로 표현된다.

S#118. 변혁

베를린 장벽이 허물어지는 동영상이 화면을 가득 메운다.

S#119. 대책회의

회의가 끝나고 간부들이 자리에서 일어나 방을 나가고 있다.
부장과 차장만이 그 방안에 남았다.

부장 : 연두가 수감된 지도 벌써 1년이 됐구료?

차장 : 어찌 그걸 다 기억하고 계십니까?

부장 : 그뿐이 아니네요. 이노 군이 단독으로 연두네 가족을 탈출 시키려다 실패해 구사일생 한 것도.

차장 : (뜨끔해 한다)

부장 : 그나저나 죽고 못 사는 저 청춘남녀. 우리가 요번 기회에 그 기구한 사랑을 이루어 줍시다. 차장도 연두 엄마랑 죽고 못 사는

사이였잖소?

차장 : (깜짝 놀라며) 어찌 그걸 아십니까?

부장 : 정선자 여사가 자네의 첫 사랑이고 그 비련의 여주인공께서 바로 연두 엄마 아니신가?

차장 : 다 알고 계셨군요.

[INSERT]

양옥집 거실.

기식 : (씩씩대며 소파에 앉아 신문을 보는 부친에게 편지를 내보이며) 아버지께서 이러실 줄 몰랐습니다.

기식부친 : (시치미 뚝 떼며) 너에게도 보냈구나. 나한테도 보냈더라.

기식 : 아버지께서 선자를 떠나게 하신 거잖아요?

기식부친 : 편지에 그렇게 쓰여 있든?

기식 : 선자 아버지가 비전향장기수 정소신이란 사실을 아버지께서 일러 주셨다면서요?

기식부친 : 내 편지에는 기식이가 자기를 잊게 빠른 시일 내에 좋은 여자 만나 장가 보내라고 적었더라.

기식 : (편지를 박박 찢으며 정원으로 나간다)

S#120. - S#119로 돌아가서

부장 : 지금도 연두 엄마에 대해 애틋하신가?

차장 : 늘 죄스럽고… 그러네요.

부장 : 자네 모르게 자네 부친께서 하신 일 아니신가?

차장 : 어찌 그 일을 알고 계십니까?

부장 : 돌아가신 자네 선친께 들어 알고 있지.

차장 : 그랬군요.

부장 : 돌아가신 자네 선친께서 생전에 선자 양에게 못할 짓을 하셨다며 마음 아파 하셨다네.

[INSERT]

부장의 회상 - 선자와 기식 부친과의 대화.

스크린은 삼십 년 전으로 거슬러 올라가 어느 다방 안.

기식 부친 : 선자 양 내가 가혹한 부탁인 걸 알면서도 별수 없네.

선자(연두엄마) : 저는 친부를 본 적도 없이 성장했는데… 흐흑 (고개를 숙인 채 손수건으로 눈물을 훔친다)

기식 부친 : 선자는 아직 물정 모르는 아가씨라 내가 이러는 게 야속하겠지만, 북한에 비할 정도는 아니래도 이 나라도 연좌제의 족쇄가 공직자의 미래를 좌우할 만큼 대단해.

선자 : 남파 간첩인 저의 아버지란 분이 왜 전향을 거부하고 옥살이를 하신대요?

기식 부친 : 전향 거부는 그분의 신념에 위배되는 절개의 문제이기도 하겠지만, 아무래도 북쪽에 두고 온 가족들의 안녕 때문일 거야.

선자 : 저도 자식이라면서요?

기식 부친 : 상대적으로 대한민국은 연좌제가 북한처럼 가혹하지 않은 자유민주주의 국가라는 사실을 잘 아시는 분일 테

고….
선자 : 그런 걸 잘 아는 분이 왜 이토록 어리석게 인생을 사셨데요?
기식부친 : 자네 부친은 당시에 보기 드문 인테리셨어?
선자 : 그럼 뭐해요?
기식부친 : 선자 양은 이해할 수 없는 우리 세대의 시대적 아픔이라고 할게.
선자 : 아버님은 평안하시잖아요?
기식 부친 : 그건 나의 행운이라고 해야겠네.
선자 : 그럼 저의 친부는 불운한 거고, 그 딸인 저한테까지 그 불행이 대물림 되는 거네요?
기식 부친 : …
선자 : 아버님. 기식 씨 하고는 두 번 다시 만나지 않을 게요.
기식 부친 : 고맙구먼. 혹여 친부를 보고 싶다면 내가 면회를 주선해 줄게.
선자 : 싫습니다.
기식 부친 : (봉투를 내민다)
선자 : 이게 뭐지요?
기식 부친 : 내가 못할 짓 하는 죄 값으로 주는 거니 사양하지 말았음 해.
선자 : 아버님 왜 저를 비참하게 만드세요.
기식 부친 : 그렇게 생각하며 못써. 나도 선자 양을 친딸 같이 사랑했고, 며느리로 삼고 싶어 한 걸 누구보다 잘 알잖아?
선자 : 아버님은 저에게 참 잘 해주셨지요.
기식 부친 : 이렇게라도 못 하면 나도 힘들어. 기식이 에미가 나랑 사

별한 게 그 아이 고작 여섯 살 때야. 홀아비로 그 아이를 키워오면서….

화면 페이드 아웃

[CUT TO]

기식부친과 헤어져 골목길에 들어선 선자(연두엄마)가 구역질을 하다가 아차! 싶다.

선자 : 안 돼~~~!

[INSERT]

1960년대 서울 거리 한복판이 화면을 채우고 곧 달동네 골목길.

세탁소에서 다리미질 하는 남자의 모습이 보이고 그 옆에는 재봉질 하는 여자가 눈에 띈다. 방금 그 곁에 놓인 60년대 라디오에서 뉴스가 방송되고 있다.

아나운서 : 오늘 대통령 영애 박은혜 양과 전 대법관 출신인 김춘영 씨의 외아들인 김기식 군이 경무대 별관에서 결혼식을 올렸습니다. 박은혜 양은 박대통령의 전 처 소생으로 현모양처 형의 여성으로 알려졌습니다. 또 신랑인 김기식 군은 서울대학 법학과 출신의 평검사로 전도가 양양한 수재로 알려졌습니다.

여자 : (재봉질을 하면서) 짚신도 짝이 있데드니 박복한 년은 가난뱅이 부

모에게서 태어난 것도 모자라 다림질하는 서방 만나 재봉질로 연명하는데 대통령 따님은 부모 잘 만난 행운으로 결혼도 명문대 나온 검사랑 하네.

남자 : (빙그레 웃으며) 이 사람아. 꿈은 잘못 꾸더라도 해몽은 바로 해야지. 어느 운 좋은 놈팡이는 출세 길이 열리려니 깐 공주 눈에 띄어 부원군이 되는 판국에… 재수 없는 놈팡이는 쪽박을 차려니 까니 능력 없는 부모 만난 것도 모자라 가난뱅이 따님에게 찍혀 다림질 팔자가 되었더라! 이게 바로 사건의 진상 아닌가베?

여자 : (벌떡 일어나 남편의 팔을 꼬집는다) 그래 이 양반아. 누가 가난뱅이 딸과 결혼해 다림질하라고 그랬냐고? 뭐? 자기한테 시집오면 물 한 방울 안 묻치고 호의호식하며 살게 해 주겠다고 도시락 싸갖고 따라단길 땐 언제고…… (정신 사납게 꼬집으며 앙탈을 부려 남자가 문 열고 줄행랑을 친다)

[INSERT]

변호사 합동 사무실

변호사(현 안기부장의 젊을 때) : 축하드립니다.

기식 부친 : 고맙네.

변호사 : 옛날 같으면 아드님이 부원군이 되셨으니 천상천하에 유아독존 하는 임금 마마님의 사돈이니 이런 광영이 어디 있겠습니까?

기식 부친 : 그건 옛날 얘기라면서?

변호사 : 얘기가 그렇게 되는 건가요?

변호사 일동 : (파안대소) 푸하하하하!

[CUT TO]

선자가 아기 연두를 보듬고 있다. 그 곁에서 한 남성 (기식의 대학 선배 김태준이다. S#88. 연두 가족사진에서 보았던 그 인물이다)이 신문을 보고 있다.

S#121. 시대의 힘 - S#120.로 돌아감

부장 : 비전향장기수 북송 문제에 대해서 지속적으로 생각해 왔네.

차장 : 세계적 풍조가 드디어 도래했다는 겁니까?

부장 : 이념의 뒤안길에 처박아놓은 흉물스러운 역사의 잔재를 전향적으로 검토해 볼 때가 된 거지.

차장 : 저네들은 얼씨구나! 받을 겁니다. 이것을 기회로 체제 선전 할려고요.

부장 : 구데기 무서워 장 못 담글까? 자유민주주의 국가인 우리가 과거 청산을 앞장서서 해야지. 더욱이 음지에서 양지를 지향하며 묵묵히 헌신해온 안기부 차장님께 국가적 차원에서 보상도 해줄 겸 말일세.

차장 : (화들짝 놀라며) 인질 교환을 말씀하시는 겁니까?

부장 : (의미심장한 미소를 머금는다) 그러나 지금 대통령은 그런 일을 추진할 만한 시대적 힘이 없어. 그걸 명분이라고 하는 건데 문민정부가 들어서야만 가능해.

차장 : YS가 차기 집권에 성공하리라 보십니까?

부장 : 지금 남의 당에 들어가서 죽을 쑤고 있으니깐 결과는 뚜껑을

열어봐야 한다는 하나마나한 관망세가 대세를 이루고 있지만, 나는 장담컨대 YS가 대통령이 될 거라고 보네.

S#122. 문민정부 탄생(1993년)

YS의 대통령 취임식이 화면에 나오고 취임 선서하는 YS의 모습을 클로즈업한다.

S#123. 안기부장 취임

차장이었던 기식이 안기부장으로 취임식을 한다.

S#124. 구치소 소장실

소장실 안에는 소파에 안기부장과 정소신이 앉아 있고 소장은 안기부장 경호원 두 명과 함께 서 있다.

선자 부친 : 내가 이데올로기라는 미명에 취해 자손들을 불행하게 만들었습니다. 자손들에게 죽을 죄를 짓고 삽니다.

기식(신임 안기부장) : 선생님 세대의 불행이지요. 이제라도 마음을 바꾸시고 전향을 하시는 게 어떠실까요?

선자 부친 : 이제 와서 전향을 한다 한들 간첩 할비라는 신분이 세탁되는 것도 아닐 테고 늙을 대로 늙어 노쇠한 내가 밖에 나가면 뭔 일을 해서 입에 풀칠이나 제대로 하겠습니까? 북쪽에 있는 처자식은 처형을 당할 테고… 아닌 말로 이도 저도 아닐 바에야 이렇게 살다가 인생 종 치는게죠. 손녀라는 그 아이가 어떻게 장성했나 보고는 싶네요.

기식 : 반듯하게 잘 성장했지요. (주머니에서 연두 사진을 꺼낸다) 여기 사진을 보세요.

선자 부친 : 제 할미를 많이 닮았네요.

기식 : 그렇습니까? 저는 따님을 보는 듯한데?

선자 부친 : 선자가 북한에 있다면서 부장님이 어캐 아시오?

기식 : (움찔하고는) 우리가 이 계통에 있다 보니 알게 됩니다.

선자 부친 : 내가 살아 있는 동안 한번 만이라도 애비, 할배 노릇을 할 날이 있다면 지금 죽어도 여한이 없을 텐데….

기식 : 그래서 제가 왔습니다.

선자부친의 의아해 하는 표정이 클로즈업 되며 장면 전환된다.

S#125. 인질 교환 - 판문점

침상에 누운 채로 북쪽으로 인도되는 비전향장기수 노인을 둘러싼 내외신 취재단의 취재 열기로 혼잡하기 그지없다, 한편 북쪽에서 내려오는 SUV 차량 한 대가 나타났는데 취재단은 안중에도 없다.

그때에 유비에스 김정호 기자만이 그 쪽으로 잽싸게 이동해서 접근해 사진을 찍는다. 그 안에 이노와 선자, 남동생 성현의 모습이 보인다. 대공요원들이 김정호 기자를 밀치고 제압해 카메라에서 필름을 빼내어 압수한다.

S#126. 결혼식

결혼식장의 하객 중에 안기부 요원들이 대거 참석한 게 눈에 띈다. 남동생 성현이, 은인 오영태 씨와 아들도 보인다. 초등학교 동창생들도 보인다.

사회를 맡은 여 아나운서가 이쪽저쪽 하객들과 아는 척을 하며 희희낙락이다. 연예 담당 리포터가 바삐 움직이며 취재하는 모습도 보인다.

[CUT TO]

저 앞에서는 유에스비 김정호 기자가 마이크를 쥐고 말하고 있다.

"대한민국에서 태어나 중학교를 다니던 꿈 많고 아리땁던 평범한 소녀의 운명이 어느 순간을 시작으로 그 누구보다도 파란만장하게 전개된 것은 이념의 갈등과 분단의 반목으로 굴곡진 우리나라의 근대사와 궤를 함께한 그 집안의 내력에 기인했습니다.

외할아버지는 남한의 감옥에 갇힌 비전향장기수였습니다. 사회주의자인 아버지를 따라 조국을 등지고 일본으로 밀항했던 그녀의 가족들은 북한으로 갑니다. 성장해 스파이가 된 여인은 당시 중공에서 2주간 특별 교육을 받고 북으로 귀환 중에 탑승한 비행기가 공교롭게도 대만으로 귀순하는 중국인 납치범들에게 의해 납치되는 역사적인 현장에 있게 됩니다.

영리하고 대담한 이 여인은 일생일대의 기회를 놓치지 않고 납치범들에게 자신이 조선인임을 밝히고 대한민국으로 귀순을 종용하고 통역을 자청합니다.

그뿐만이 아닙니다. 우리 측 대공부서의 이중 스파이 제안을 받아들인 이 여인의 활약으로 대규모 정착민 대남 간첩단이 일망타진되는 쾌거도 올립니다. 하지만 이 일로 인해 북의 의심을 사서 현상 씨 암살의 지령을 받고 킬러들에게 현상 씨의 거처를 파악해 제공한 암

살 공범으로 체포 구속됩니다. 그녀에게는 북에 두고 온 어머니와 남동생의 안녕이 자기 목숨보다 중요했던 겁니다.

하늘도 가족을 향한 이 여인의 헌신적인 사랑에 감동하셨던 건가요? 냉전 시대가 무너지는 세계사의 조류에 편승해 우리 측 비전향장기수 북송의 대가로 그녀의 어머니와 남동생이 교환되어 남한으로 돌아온 겁니다.

그때까지 전향 거부로 옥살이를 하던 여인은 바로 전향서를 제출하고 자유의 몸이 되었습니다.

이야기는 여기서 끝이 아닙니다. 이 젊은 여인의 파란만장했던 인생에 화룡정점을 찍는 것은 '이노의 노래' 로 한껏 주가를 올리고 있는 대세남 이노 씨가 바로 그녀의 피앙세였단 사실입니다.

초등학교 동기 동창인 이들의 사랑은 체재와 이념도 갈라놓지 못했습니다. 이 여성이 수감된 이후로 그 바쁜 일정에도 이노 씨는 하루도 면회를 거르지 않았다고 합니다.

오늘 이들의 백년가약을 축하하는 것은 지고지순이란 단어가 박제화 된 세태에 이념의 갈등과 분단의 반목을 뛰어넘는 순수한 사랑이 결실을 맺은 미담이어서 그렇습니다.

이렇게 사실 보도를 하면 얼마나 좋겠노?"

그리고는 김정호 기자가 카메라 기자를 향해 큐 사인을 해보인다.

김정호 : 오늘은 안타깝지만, 많은 뭇 여성들의 구애를 받고 있는 한 남성의 결혼식 소식을 알려야겠습니다. 바로 요즘 최고의 인기를 구가하고 있는 대박 스타 이노 씨 결혼 소식입니다.

신부 김연두 양과 신랑 이노 씨는 초등학교 동기동창이란 인연이 결혼까지 이어졌다고 합니다. 비공개로 치러지는 이 결혼식장 밖에는 이노의 열성 팬들이 입장하지 못한 채 이 결혼식을 축하하고 있습니다.

이상은 유에스비 김정호 기자였습니다.

S#127. 결혼식 퍼포먼스

행사의 사회를 맡은 'TV는 사랑의 싣고' 의 여성 아나운서의 소개로 대형 화면에 이노의 노래 듀엣곡 '너는 내 운명' 의 뮤직비디오가 방영된다.

'얼마나 보고팠는지 얼마나 그리워했는지 쏟아지는 빗속을 실주하며 나는 울었다' 는 가사의 대목에 이르자 뮤직비디오에서 연두가 북한에서 쏟아지는 빗길에 차를 운전하며 질주하다 이노를 그리며 눈물을 쏟는 장면에 하객들이 눈시울을 붉힌다.

S#128. 공연장

이노가 인산인해를 이룬 콘서트 장에서 여가수와 둘이 듀엣곡 '너는 내 운명' 을 부르는 모습이 화면을 가득 채운다.
화면 천천히 흐려지다 아웃.

S#129. - S#126. 다시 결혼식장

여 아나 : 이제 결혼식을 진행하겠습니다. 신랑 입장!

턱시도의 이노와 웨딩드레스를 입은 선자가 팔짱을 끼고 입장한다, 하객들 어리둥절한 표정이 되고 신부 입장에 턱시도의 기식과 오늘의 신부 연두가 팔짱을 끼고 입장한다.

점입가경에 하객들이 놀라는 표정이 클로즈업 된다.

S#130. 주례

주례자는 기식 직전 안기부장이다.

입장이 끝나자 주례가 단 위에서 내려와 각자 서로의 짝을 찾아 팔짱을 끼게 하고 정리한다.

주례 : (다시 주례 단상에 올라가) 여러분 놀라셨지요? 인생은 이벤트의 연속이고 한 편의 퍼포먼스라는 이노 군의 제안에 따라 마련한 쇼가 마음에 드시는지요?

그 말에 하객석에서 네에~ 라는 소리가 들린다.

주례 : 오늘 이 자리는 신부 김연두 양과 신랑 이노 군의 결혼식이자 신부 정선자 님과 김기식 님과의 결혼식이기도 합니다.

하객석에서 환호성과 박수가 터진다.

갈채가 끝나자 주례가 말을 잇는다.

주례 : 그뿐만이 아닙니다. 오늘 주례를 맡은 저의 직권으로 일찍이 세상에 밝혀진 적 없는 천기누설이 이 자리를 통해 폭로됩

니다.

하객들 숨을 죽인다.

주례 : 신부 연두 양은 또 다른 신부 정선자 여사님의 따님입니다.

에이~ 알아요~! 하객석에서 야유가 터진다.

주례 : 요건 맛보기였고요. 연두 양이 김기식님의 딸인 건 모르셨죠?

기습적인 카운터에 한방 맞은 하객들이 멍때린 표정이다.

주례 : 마이크를 정선자 여사님에게 건네겠습니다.

예식장에 모인 시선이 방금 마이크를 받은 정선자 여사한테 집중되었다.

선자 : 연두 엄마로서 김기식 씨가 연두 아빠임을 확인합니다.

동시에 환호성이 터지고 갈채의 박수가 터져 나온다.

연두는 꽃다발을 떨어뜨리고 기식 씨는 팔짱 낀 선자에게 표정으로 묻는다. 선자가 고개를 끄덕인다.

연두와 기식의 눈길이 마주친다. 연두가 기식의 품안으로 쓰러지며 엉엉 운다.

기식이 그런 연두의 등을 다독인다.

[CUT TO]

주례 : 감격적인 모녀 상봉이었습니다. 김기식 님께서 따님 연두 양과 신랑 이노 군에게 축복의 말씀을 주시겠습니다.

기식 : 살면서 이런 일이 있을 줄 누가 알았겠습니까? 연두 양이 제 딸이라니…? 그간 여러 해를 보아 오면서 연두 양의 고운 심성과 가족을 위해 자기를 희생하는 헌신에 깊은 감동을 받았던 터였습니다. 짧은 인생에 우여곡절의 역경과 고난을 헤치고 이렇게 훌륭하게 성장해서 이노 군과 같은 사나이 중에 사나이를 만나 백년가약을 맺게 된 것을 진심으로 축하합니다.

지금껏 못해준 애비 노릇을 오늘 이 순간부터 죽는 날 까지 곱절로 해주겠습니다. 연두야, 네가 내 딸이어서 고맙고 사랑한다. 선자 씨, 나의 죄를 용서해 주시오. 이제 죽어도 당신을 잃어버리지 않고 당신만을 꼭 붙들고 당신만을 사랑하며 살겠소. 이노 군, 장인 노릇 잘 할게. 내 딸 연두 잘 부탁하네.

주례 : 세상에 다시없을 감동적인 축사였습니다. 뜨거운 박수 부탁드립니다.

S#131. 콘서트 대미를 장식하는 노래 - 부강 조국

화면에는 느닷없이 빨갛게 잘 익은 거대한 고추가 등장하고 고개를 숙이는 모양이 형상화 된다. 그리고 온통 고개를 숙인 고추밭이 보인다.

곧 화면 바뀌면서 임진란 왜군들에게 겁탈 당하고 끌려가는 아낙

네들….

병자호란 때 9층 계단 쌓고 그 아래에 산발한 채 엎드려 누루하치에게 절하는 인조의 치욕스러운 몰골과 끌려가는 부녀자들….

일제 때 위안부로 징집되어 끌려가는 아녀자들….

콘서트 무대가 화면에 나타나면 모든 영상이 무대 위의 스크린으로 빨려 들어간다.

무대 정중앙에 등장한 이노가 외침한다.

이노 : 스물 한 살 적 이노처럼 부실했던 고추들이 자초했던 치욕의 역사였습니다.

꼴사납게 사내라고 집안에서는 유교의 가부장제로 여자들을 압제하다가 외세의 침략 앞에는 속수무책 무참하게 짓밟혀서 아내와 딸들을 적들에게 빼앗겼던 게 이 땅의 못난 고추들의 자화상입니다. 그러고도 정신을 못 차리고 자기들이 지켜주지 못해 인질로 잡혀 갔다가 돌아온 부녀자들을 환향녀(화냥년)라고 멸시하고 핍박하고 착취했던 못난 고추들의 패악이었습니다.

스물 한 살 적 이노를 생각하면 지금도 눈물이 납니다. 구조적인 폭력에 속수무책 가위눌려 도망을 선택한 연약한 인생. 자기반성에 앞서 자신을 이렇듯 참담하게 전락시킨 조국의 암담한 현실에 억울해하고 분노했습니다.

여성들이여! 당신들의 아들들을 역경과 고난의 구렁텅이로 밀어 넣고 굳건하게 키우셔야 할 이유가 바로 여기에 있습니다.

개인이나 가정이나 국가나 부강하지 못하면 종내 설움과 핍박이라는 악순환의 고리에서 헤어날 수 없는 것은 유구한 역사를 통해 입증된 당연사입니다.

강한 자가 살아남는 게 아니고, 살아남는 자가 강한 자라고 합니다.

그러나 진정으로 강한 자는 지킬 수 있는 자입니다.

자신의 가치, 자신의 사랑, 자신의 신앙, 자신의 가족, 자신의 나라를 여하한 경우에도 빼앗기지 않는 자가 진정으로 강한 자입니다.

부르겠습니다. 부강조국!

화면에는 오천년 치욕의 역사와 비약적인 발전을 거듭하는 역동의 세월이 뮤직비디오로 펼쳐진다. 노래 끝나고 이노가 감동에 겨워 천정을 향해 두 손을 번쩍 치켜들고 그레이트 생큐 투 갓!을 외치고 곧이어 관중들을 향해 큰절을 하면서 대미를 장식한다.

〉 끝 〈

커피로 그리는 인천萬畵

꿈꾸는 돈키호테, 이노밴드 김인호 대표

도전정신으로
똘똘뭉친 괴짜 사나이

영락없이 그는 돈키호테다. 운명이라는 풍차를 향해 일직선으로 돌진해 간 무모함이 인생궤적 곳곳에 날카로운 생채기로 수북하다. 생 날 것으로 펄떡이는 그의 삶을 확인해 갈수록 그의 정체는 점점 더 오리무중이다. 평생 문학이라고는 어깨너머로조차 공부해 본적도 없다면서 3권씩이나 되는 장편소설을 떡하니 펴냈는가하면, 악기 하나 제대로 다룰 줄 모른다면서도 수많은 노래를 직접 작곡하고, 파워풀한 샤우팅으로 밴드의 보컬을 담당하는 '싱어 송 라이터'란다. 어찌 보면 사기캐릭터 같기도 하고, 뜨거운 열정을 스스로 주체 못하는 사춘기 소년 같기도 하다. 분명한 것은 그가 '꿈꾸는 사람' 이라는 사실이다. 가슴 속에 품은 절절한 꿈 하나를 향해 잠시도 쉬지 않고 죽도록 치닫고, 몸뚱이가 부서져라 부닥치는 도전정신으로 똘똘 뭉친 이 괴짜사내는 바로 '이노밴드' 김인호 대표(54세)다.

송도역 부근의 한 실용음악학원 연습실, 6명의 '이노밴드' 단원들이 만들어내는 리듬이 고막을 찢는다. 다음 달 열릴 콘서트연습으로 벌써 2시간째 강행군이란다. 오늘 연습은 여성보컬 한사람이 사정상 못나오는 바람에 보컬을 담당하는 김인호 대표의 목소리는 더욱 허스키해져 있었다.

"12월 17일 토요일 오후 5시에 부평 신라빌딩(씽크빅문고) 6층 공연장에서 콘서트를 열어요. '이노의 노래(속죄)' 라는 타이틀로 '콘시컬' 이라는 새로운 장르를 선보일 계획이죠. '콘서트' 중간 중간에 '시네마 영상' 을 틀고 '뮤지컬형식' 을 가미한 색다른 공연이 될 겁니다. 현재 제가 직접 자전적 이야기를 시나리오로 써서 영상을 제작하고, 거기에 맞춰 작곡을 해 노래까지 부른, 뮤지컬 형식의 음반을 책과 동시 제작 중이에요. 이번 공연은 그 예고편 성격이죠."

남들은 죽자고 한 가지에 매달리고도 평생 제대로 된 글 한편, 노래 한 곡 남기기 힘든 게 세상이친데 이건 그야말로 전천후 만능엔터테이너다. 음악으로 먹고사는 프로뮤지션도 아니고 들어가는 비용도 만만치 않을 텐데, 그와의 인터뷰 내내 기자 머릿속이 더 복잡해졌다.

"노가다든 청소일이든 가리지 않고 돈 되는 일은 다해요. 제 꿈을 응원해서 펀딩해주시는 후원자들도 꽤 되고요. 큰돈을 쾌척해주신 분도 계세요. 드라마틱한 제 삶의 스토리에 감동하고 공명하신 분들이죠."

그러면서 건네주는 명함에는 엉뚱하게도 '보건복지부 지정 재가노인 복지센터' 대표로 되어있다. 이 사내, 도대체 1인 몇 역을 소화하며 살아가고 있는 건지 혀를 내두를 지경이다.

군대시절 큰 사고(?), 시민도움으로 마음잡아

"인천토박이에요. 남부럽지 않은 집안의 2남2녀 중 막내아들로 온통 사랑을 독차지하며 자랐죠. 배다리초등학교를 다녔는데 전교회장도 하고, 어려서부터 웅변솜씨가 뛰어나 앞에 나가 군중들을 선동하는 솜씨가 남달랐어요. 한번은 담임선생이 방과 후 몇몇 잘사는 집 아이들의 과외를 했는데 아예 시험답안까지 알려주곤 했죠. 저는 과외를 받지 못하는 가난한 학생들 편을 들어, 학교 측에 담임선생의 만행을 고발해 학교를 뒤집어 놓은 적도 있어요. 중학교 때는 선생님들의 지나친 체벌에 맞선 반항심리로, 인하부고 시절엔 상대적으로 학교생활이 너무 편해서 공부대신 술, 담배를 탐닉했죠. 교회후배였던 탤런트 황모씨에게 혹해서 말썽을 피우던 것도 그 무렵이었어요. 그렇게 고등학교를 마치고 어찌어찌 지방대 국문과에 진학했죠. 하지만 곧 집어치워버리고 입대를 했어요."

그의 인생이 완전히 뒤틀려 버린 것은 육군훈련소 훈련과 기갑학교 후반기 교육을 마친 후 자대배치 15일만의 일이었다. 서슬 퍼렇던 군사독재시절, 고참들의 무지막지한 구타를 견디다 못해 우발적으로 무장탈영을 해버린 것, 스물 한 살의 꽃다운 청년은 순식간에 도망자 신세가 되어 민가에 내려가 옷과 신발을 훔치고 무전취식을 하며 파주 용주골 근처를 떠돌았다.

"그러다 잠을 자기 위해 어느 빈 가게에 숨어들어 갔는데, 나중에 알고 보니 그 일대가 사창가였어요. 한눈에 제가 탈영병이라는 걸 눈치 챈 포주 한분이 굶주린 허기를 실컷 채워주고는 자수를 권하는 거예요. 자신도 방위생활을 하다가 3번이나 탈영하는 바람에 평생 변변한 직장조차 가질 수 없었다고, 그래서 이렇게 포주노릇으로 후회스런 인생을 보내고 있노라며 저를 설득했죠."

공포에 질려 어떻게든 고향 인천으로 도망갈 궁리만 하던 김대표에게 그분의 설득이 귀에 들어올 리 만무했다. 일언지하에 거절하고 도망치려는 김대표의 손을 붙들더니, 그분은 선뜻 돈뭉치를 쥐어 주는 것이었다. 상당한 액수의 지폐였다.

"깜짝 놀랐어요. 생면부지의 도망자에게 이런 거금을 쥐어주는 그분의 얼굴을 다시 돌아보았죠. 무사히 고향까지 가려면 돈이 필요할 거라고, 대신 잡히더라도 돈의 출처는 함구해달라며 진심으로 저를 걱정해주는 표정이었어요. 겨울 얼음장 같던 제 마음이 거기서 녹아내렸죠. 걷잡을 수 없이 눈물이 쏟아지더라고요."

40대에 음악시작, 노래하는 순간 가장 행복

그길로 자수를 하고 군구치소에 수감되어 군사재판을 받았단다. 재판은 당시 '인민재판' 이라고까지 불리며 악명 높았던 '공개재판'으로 진행되었다. 사고율이 높은 부대원들에게 경종을 울리기 위한, '보여주기' 식 시범케이스였던 것이다. 당연히 형량도 무겁게 구형되기 마련이었다.

"제 평생 그렇게 간절히 신에게 기도했던 적이 있었나 싶어요. 기도발이 먹혔는지, 배심원들에게 눈물로 호소한 제 언변이 먹혔는지 정말 놀랄만한 결과가 나왔죠. 징역 1년 6개월에 집행유예 2년, 일계급 강등을 선고받은 거예요. 바로 자대 복귀해 군복무를 마칠 수 있었죠. 구타가 무서워 탈영까지 했는데 구치소에서 사람 패면서 희열을 느끼는 새디스트 형무반장을 만나 평생 당할 구타를 한꺼번에 모두 당한 셈이 되었으니, 인생이란 참 묘한 거더라고요."

전역을 하고 돌아와 보니 가세는 완전히 기울어 있었다. 송도유원지에 있던 널찍한 옛집은 남의 손에 넘어가 무슨 가든식당으로 바뀌었고, 이사한 송도역전 판잣집은 일어서면 고개조차 들기 힘들 지경이었다. 형이 벌인 사업이 잘못되면서 빚어진 일이었다. 김대표는 친구 주선으로 중구청 세무과 임시공무원 노릇을 잠시 하다가 때려치우고, 형의 건재상 일을 도우며 악착같이 돈을 모아 중장비사업자로 나섰다. 포크레인 4대를 굴리며 사업은 순풍에 돛다는 듯했다. 제법 돈도 벌었다.

하지만 세상일은 늘 호사다마였다.

"당시 관교동 신세계뉴코아 건설현장 일을 맡아했는데, 직원 하나가 스키로더 작업 중 추락사고를 당한 거예요. 급히 길병원으로 후송 도중 사망했죠. 유족에게 보상을 하고 원만히 사고를 마무리 짓긴 했지만, 도저히 사업을 더 이상 끌고 갈 마음이 안 내키더라고요. 막 커나가던 사업을 미련 없이 접었죠."

다시 방황이 시작되었다. 노가다 꾼으로 정처 없이 전국을 떠돌며 마라톤대회마다 참가하는가 하면, 한동안 제주도에 머물며 철인 2종경기(마라톤과 수영)선수로 살기도 했다. 어느 날 자포자기 심정으로 술을 꼭지까지 들이켜고는 정신을 잃었는데 깨어보니 대한서림 앞이었단다.

"무심코 안으로 들어갔는데 정주영회장의 자서전이 눈에 띄는 거예요. '이 아침에도 설렘을 안고' 라는 제목이었죠. 이리저리 책장을 넘기다, 그날 할 일이 너무나 설레서 어릴 때 소풍가기 전날 같은 기분으로 날마다 새벽을 맞이한다는 대목을 읽게 되었어요. 울컥 가슴이 뜨거워지더니 정신이 번쩍 들더라고요."

그길로 집으로 돌아와 자전적 소설을 쓰기 시작했고, 원고를 싸들고 서울거리를 전전하다 을지로 인쇄소 사장의 소개로 예문당에서 세권의 책으로 출판하며 소설가로 데뷔했다. 때마침 선배형의 요청으로 현재의 송도웨딩홀 건물신축사업에 뛰어들기도 했다. 하지만 그 선배형의 배신으로 또다시 쓰라린 시련의 세월을 보내야했단다.

"음악은 40대 중반에 시작했어요. 어차피 한 세상 지나는 나그네길, 후회없이 속에 맺힌 제 인생이야기를 풀어내보고 싶었거든요. 돈 걱정 같은 건 안 해요. 있으면 있는 대로 없으면 없는 대로, 내 식으로 노래를 만들고 우리 밴드와 함께 공연하는 지금 이순간이 최고로 행복해요. 날마다 아직 살아있다는 사실에 감격하며 살고 있죠."

글·커피그림 〈 유사랑 I-View 객원기자

작사 작곡 : 이노

• 내가 미쳤던거야

내가 미쳤던 거야
제 정신이 아니었었어
애꿎은 내 부모님
가슴에 못을 박아놓고
천 길 낭떠러지 벼랑에 선
내 영혼이 흐느껴 우네
내 운명이 구슬피 우네

어둠이 내리고
울적한 사위에 갇혀
홀로 깨어 잠 못 이룰 때
당신은 아시지요
속 타는 이 마음을
불타는 용광로에 이 마음 던져볼까

침묵하는 어둠 속에 시나브로 깊어만 가는 상념
아무래도 감당할 자신이 서질 않아 우네 과오여

사랑하는 너를 포기할 순 없어
절규하는 나의 외침 흔적이 없네
까만 밤을 하얗게 지새우네

내가 미쳤던 거야
제 정신이 아니었었어
애꿎은 내 부모님
가슴에 못을 박아놓고
천 길 낭떠러지 벼랑에 선
내 영혼이 흐느껴 우네
내 운명이 구슬피 우네

• 은인

화창한 봄날의 햇살처럼
아저씨의 자비가
얼음장 내 맘을
한 순간에 녹이셨네요
은인의 공로라

인색한 인정에 치여
상처를 입었고
요지경 우리네 인생사

난생 처음 보는 분이
나에게 은혤 베푸시네
이런 마음 어디서 오는 걸까

억울하고 분한 일 당해서도
결단코 희망을 놓지 않은 건
의인의 공로라

아저씨 아저씨 고마워요 고마워요
아저씨

한 사람을 구하는 건
온 인류를 구원 하는 일

상처 입은 영혼을 보듬는 따사한 인정
여울져 퍼져가는 물길처럼
온 세상에 퍼져 가리라
은인의 공로라

억울하고 분한 일 당해서도
결단코 희망을 놓지 않은 건
의인의 공로라

아저씨 아저씨 고마워요 고마워요
아저씨

한 사람을 구하는 건
온 인류를 구원 하는 일

상처 입은 영혼을 보듬는 따사한 인정
여울져 퍼져가는 물길처럼
온 세상에 퍼져 가리라
은인의 공로라

• 아버지

깊은 밤 정밀 속
홀로이 깨시어
아들의 곤욕을
자책하셨던 아버지

사소한 말썽이야
성장의 진통인 걸
말없이 뒷전에서 지켜주셨던
침묵의 부정이여

무정한 세월이여
버림받은 기대여
세월이 흘러서(세월이 흘러서)
아버지 늙으셨네(아버지 늙으셨네)

아버지 기다려 주세요
아들의 내일을(아들의 내일을)

날이 갈수록
안타까움 더해가요
서산에 지는 해를 볼 때면 제발

늘 감사하고 살아요

당신의 크신 사랑이
저를 수렁에서 건지셨죠
고마워요

다시 태어나도
다시 살게되도
당신의 아들이고 싶어요
사랑해요

무정한 세월이여
버림받은 기대여
세월이 흘러서 (세월이 흘러서)
아버지 늙으셨네 (아버지 늙으셨네)
아버지 늙으셨네 (아버지 늙으셨네)

아버지 기다려주세요 아들의 내일을 (아버지 기다려 주세요 아들의 내일을)
아버지

• 어머니

야속한 게 흐르는 세월이라지만
어머니의 기력을 앗아가는
저 세월을 어째요

어머니 어머니 어머니

어머니가 주무시는 저 잠은
기력 쇠한 노인네에 저승 잠 일진대

잡을 수만 있다면 어머니의 세월을 잡을래요
막을 수만 있다면 어머니의 늙음을 막을래요

북 받친 설움에 눈물 떨궈요
어머니가 주무시는 저 잠은
기력 쇠한 노인네에 저승 잠 일진대

잡을 수만 있다면 어머니의 세월을 잡을래요
막을 수만 있다면 어머니의 늙음을 막을래요

잡을 수만 있다면 어머니의 세월을 잡을래요
막을 수만 있다면 어머니의 늙음을 막을래요

깨우고 싶어라 어머니가 주무시는 저 잠을

• 부강조국

갈망하는 숙원이 있어요
이루고 싶은 소망이죠
비록 당장은 어려워도
통일은 이뤄지는 거

역사를 숨쉬자
장엄한 서사시
우리가 나서서
직접 쓰는 거야 멋지게

아 부강한 조국을 소망키에
통일된 조국을 염원키에

오 젊음 패기 열정 헌신이 우리 힘이야
우리의 숙원
평화통일 우리가 이루고 말거야

태산이 높다하되
하늘 아래 뫼이로다
오르고 또 오르면
못 오를 리 없건만
산은 안 오르고 뫼만 높다하네

신화를 만들자
환희의 기적을
우리가 나서서
직접 만드는 거야 후회 없이

Lab) 태산이 높다하되 하늘 아래 뫼이고
오르고 또 오르면 못 오를 산이 없구나

마음의 변경은 무한을 지향하고 원대한 이상은
새 지평을 열었느니
하늘이시여 축복 하소서

오 젊음 패기 열정 헌신이 우리 힘이야
우리의 숙원 부강조국 우리가 이루고 말거야

• 내가 어려운 지경에서

내가 어려운 지경에서
그 분 향해 부르짖었네
예수님 예수님 살려주세요
애통의 눈물 뿌리며 매달렸네

내가 어려운 지경에서
그 분 향해 부르짖었네
예수님 예수님 살려주세요
애통의 눈물 뿌리며 매달렸네

구하라 주신다
찾으라 찾을 것이다
두드려라 열린다
주님께 기도하면

할렐루 할렐루야
주님 나 살리셨네
주님 내 기도 응답 주셨네

오 신앙의 신비여
갈급한 영혼의 눈에서
눈물을 닦아 주시고

세워 주셨네

구하라 주신다
찾으라 찾을 것이다
두드려라 열린다
주님께 기도하면

할렐루 할렐루야
주님 나 살리셨네
주님 내 기도 응답 주셨네

내가 어려운 지경에서
그 분 향해 부르짖었네
예수님 예수님 살려주세요
애통의 눈물 뿌리며 매달렸네

• Just Do It

Lab) Jeo, 힘든 세상 속. 우여곡절 끝에. 가슴 아픈 사연도. 실패의 실패가 반복 되 날 힘들게 해도 포기할 순 없다고. 다시 한 번 시작해 볼 거야 힘을 내 Just Do It.

이제 다시 시작하는 거야 힘을 내 힘을 내
다시 한 번 시작하는 거야 포기 마 포기 마

살다보면 우여곡절 가슴 아픈 사연이란
인생 깊이 더해주는 거

포기 마 실패해도
언제고 다시 시작해
될 때 까지 하는 거야
단 한 번의 인생인 것을
포기 마 힘을 내

세상사람 저마다
근심 걱정 노심초사 사는 거야 어홍 (Just Do It Just Do It Just Do It Do It Do It Just Do It Just Do It Do It Do It)

천석꾼은 천 가지 걱정 만석꾼은 만 가지 걱정
그게 바로 인생인거야

하늘 향해 가슴을 펴요 (하늘 향해 가슴을 펴고)
자신 있게 외쳐 보는 거야

나는 재기 할 수가 있어
이 대목은 위기일 뿐
포기 마 힘을 내

Lab) 잘난 놈은 잘난 멋에 못난 놈은 못난 대로 질그릇이 있기에 도자기는 빛이 난다고 제 멋대로 내 맘대로 생긴 대로 모양대로 모두 다 빛이 난다고 우리의 인생을 위해 Just Do It)
미운 사람 잊어요
좋은 일만 생각하며 사는 거야 어홍 (Just Do It Just Do It Just Do It Do It Do It Just Do It Just Do It Just Do It Do It Do It)

어려울 때 함께 한 친구
고통을 나눴던 사람들
반드시 보은해야 해

전화위복 새옹지마 (전화위복 새옹지마)
자업자득 인과응보야

범사에 감사 느끼며
새롭게 힘을 내는 거야

포기 마
힘을 내
Just Do It (Just Do It)